KB157781

한국 희곡 명작선 27

빨간시 | Red Poem

한국 희곡 명작선 27

빨간시

Red Poem

이해성

평민사

이해성

빨간시

등장인물

할미
아비
어미
동주
경주
수연
옥황
염라
사자
실장
기자
사내
소녀들
청년들

프롤로그

푸른 나뭇잎들이 보인다.

바람이 분다.

나뭇잎들이 흔들리며 소리를 낸다.

멀리서 꽃상여가 다가온다.

따스한 햇볕 아래 꽃들이 아지랑이처럼 가물거린다.

꽃상여가 천천히 당산나무 앞을 지나간다.

바람이 분다.

나뭇잎들이 흔들리며 햇살이 부서진다.

정적 속에 살아있다.

1막. 이승

1장. 동주의 집 마당

할미, 고요하게 허공을 응시하고 있다.
뭔가를 기억하듯 마음을 움직인다.

할미 마음대로 사랑하고 마음대로 떠나가신 첫사랑 도련님
과 정든 밤을 못 잊어…

동주가 집에서 나오다 할미를 지켜본다.
수연이 거리를 두고 동주를 따라 나온다.
수연은 목에 고양이 줄을 매고 있다.

할미 진정으로 사랑하고 진정으로 보내드린 첫사랑 맺은 열
매 잊기 전에 떠났네. 내가 지은 죄이기에 끌려가도 끌
려가도 죽기 전에…

할미, 다시 고요하게 허공을 응시한다.
침묵이 흐른다.
동주, 평상으로 가 앉아 책을 펼친다.
할미, 동주를 알아차린다.

수연, 한쪽 옆에 서서 동주를 지켜본다.
할미, 동주를 살핀다.

할미   여서 청도가 멀어예?

동주, 말없이 책을 본다.

할미   여서 청도가 마이 멀어예?

동주, 말없이 책을 본다.

할미   <u>ㅇㅇㅇㅇㅇ</u>응.

할미, 동주에게 들으라고 신음소리를 낸다.

할미   <u>ㅇㅇㅇㅇㅇ</u>응.

동주, 말없이 책을 본다.

할미   (혼잣말) 문디 자석, 염병을 떨고 자빠졌다 아이가.

동주의 핸드폰 벨소리 울린다.
일본 가요가 흘러나온다.
할미, 화들짝 놀라며 몸을 숨긴다.

수연, 벨소리에 춤을 춘다.
동주, 핸드폰을 확인하고 받지 않는다.

할미 어요요요요. 개, 저 개 간다. 어요요요요, 개 개 개새끼.
동주 그만해.
할미 어요요요요. 개, 저 개 개새끼 간다. 어요요요요, 개 개
개새끼.

동주, 핸드폰을 꺼 버린다.
수연, 계속 춤을 춘다.

할미 어요요요. 개 개 개새끼. 때려죽인다. 쏘아 죽인다. 찔
러 죽인다. 어요요요요. 개 개 개새끼.
동주 그만해!
할미 ㅇㅇㅇㅇㅇㅇ응.

할미, 주눅 들어 뒤에 있는 벽을 향해 돌아앉는다.
수연, 동작을 멈춘 채 움직이지 않는다.
동주, 다시 책을 본다.

할미 저기 뭐꼬?

동주, 할미를 본다.
동주, 할미의 시선을 따라 벽을 돌아본다.

동주, 고개를 돌려 수연을 한번 보고는 다시 벽을 바라본다.
수연, 동작을 멈춘 채 벽을 바라본다.
벽을 바라보는 셋의 뒷모습이 낯선 그림 같다.

할미   아직 못 간다.

동주, 할미를 한번 보고는 다시 책을 본다.

할미   꽃이 다 어디 갔드노?

할미, 문득 주위를 살핀다.

할미   누구신교?

동주, 다시 책을 잡는다.

할미   동주가? 여가 어디드노?

사이.

할미   내가 와 여 있노? 여서 뭐하는 기고?

사이.

할미 너그 아바이는?

사이.

할미 오늘이 무슨 요일이고?

사이.

할미 수요일 아이가… 가 봐야 할낀데…

사이.

할미 안국동… 절 뒤에… 가 봐야 할낀데…
동주 거기 뭐가 있는데?
할미 김학순이.

할미, 자기 말에 놀란다.

할미 배고프다.

사이.

할미 배고프다. 밥 도.
동주 좀 전에 점심 먹었잖아.

사이.

할미   배고프다. 밥 도.

사이.

할미   배고프다. 밥 도.
동주   에이 진짜!

동주와 할미, 한숨을 쉰다.
할미, 겁을 먹고 쪼그리고 앉아 앓는 소리를 낸다.

할미   <u>으으으으응</u>. 어여 죽어야 할낀데. 인자 사는 것도 언성
시럽다 마. 탁 죽어삐모 좋을 낀데. 그자.
동주   지겨워.
할미   내 올개로…
동주   지겨워.
할미   백 살이 다 되갈낀데…
동주   지겨워.
할미   백 살…

할미, 시선이 멀어진다.

할미   빨간 꽃이 피어 있다 아입니꺼.

사이.

할미   얼매나 이쁘든동.

동주, 한숨 쉬며 일어나 대문으로 가 문단속을 하고 담배를 핀다.

할미   덜컹덜컹. 몇날 며칠을 가는 기라예. 덜컹덜컹.

사이.

할미   똥이 매려분데… 덜컹덜컹.

사이.

할미   똥이 매려분데… 덜컹덜컹…

사이.

할미   희안하지예. 그 후로는 생각이 안 납니더…

사이.

할미   덜컹덜컹… 덜컹덜컹…

사이.

할미   꽉 맥힌 것 매이로⋯

할미, 쪼그리고 앉은 채 힘을 준다.

할미   생각이 으으으으응⋯ 안나네예⋯ 으으으으응.

동주, 할미를 본다.

동주   뭐 해?
할미   끙, 똥이 매려바서.

할미, 끙끙 힘을 주며 똥을 누고 있다.

동주   일어나.

할미, 계속 힘을 주고 있다.

동주   할머니, 일어나.
할미   끙, 똥이 매르바서.
동주   엄마! 여기 좀 나와 봐요!
할미   끙, 똥이⋯
동주   엄마!

할미   끙, 똥 나옵니더. 끙 끙 끙 끙.

어미, 나온다.

어미   왜, 무슨 일이니?
할미   하이고.
어미   왜 그래?
할미   똥 나왔어예.
동주   할머니!
할미   으으으으으으응.
어미   동주야.
동주   제발 정신 좀 차려! 이렇게 살 바에는 나하고 같이 죽
        자. 그냥 같이 죽자고!
어미   동주야 왜 이러니.
동주   살아서 뭐해. 더러워. 역겨워. 지겨워!
어미   동주야. 어머니, 자 저하고 들어가세요.

어미, 할미의 치맛자락과 손을 잡고 일으킨다.

어미   자, 천천히.

할미, 동주에게 다가간다.

어미   아이고 어디로 가…

할미   그라모 편안하이 기시이소.

　　　　　할미, 동주가 노려보자 집으로 들어간다.

할미   으으으으응… 문디 자슥. 염병을 떨고 자빠짓다 아이
　　　　　가.

어미   맞다. 문디 자슥이다. (할미를 따라가며) 아우. 이거 어떡
　　　　　해…

　　　　　어미, 할미를 부축하고 집으로 들어간다.
　　　　　동주, 서성이다 어딘가를 노려본다.

동주   칼을 꽂아서 꼿꼿한 눈깔을 도려내고 말하고 있는 입을
　　　　　찢어버려. 미친놈이 발광하듯 내뱉는 나의 말들은 나의
　　　　　모든 피를 분노케 하고 죽이고 싶은 충동을 더 강하게
　　　　　만들어. 항상 더러운 걸레를 물고 다니는 기분이야.

　　　　　동주, 수연을 한번 보고는 외면한다.
　　　　　수연, 무표정으로 동주를 바라보고 있다.
　　　　　어두워진다.

2장. 동주의 집 마당

동주 전화통화를 하며 마당을 걷고 있다.
고양이 줄을 목에 맨 수연이 동주 주위를 맴돈다.

동주   낄낄낄낄 내 말이 그 말이잖아요. 내가 가봐야 어딜 가
          겠냐고요. 그러니까 아무 걱정 마시고 이젠 전화 좀 안
          했으면 좋겠네요. (수연과 마주치고 깜짝 놀란다) 아 씨!아
          니 그쪽한테 욕한 건 아니고… 아니라니까 그러네…
          (키득댄다) 아니 그쪽 때문에 웃는 건 아니고 차라리 귀
          신을 속이라는 말이 웃겨서 그래요… (수연과 다시 마주
          본다) 아니 그럼 그 말이 웃기지 안 웃기나? 당신 같으
          면 그 말이 안 웃길 것 같아? 당신이 내 입장 돼봐! 웃
          긴지 안 웃긴지. 암튼 이사님하고 내가 알아서 할 테니
          까 당신은 이제 좀 빠지세요… 소리 지르지 말고요…
          네?… 사장님은… 그러니까 사장님한테… 내가 알아서
          할게요.

동주, 전화를 끊는다.
일본 가요가 흘러나온다.

동주   (전화를 보며) 미친 새끼.

수연, 음악에 춤을 춘다.

동주, 전화를 받지 않는다.
전화벨이 계속 울린다.
어미, 집에서 나온다.

어미　　9시가 넘었어. 안 들어가니?

전화벨이 계속 울린다.

어미　　전화 안 받어?

동주, 전화를 꺼버린다.
수연, 동작을 멈춘 채 동주를 본다.

어미　　넌 어떻게 젊은 애가 일본 노래를 벨소리로 해놓니?
동주　　할머닌?
어미　　초저녁부터 주무시네. 바람이 이제 완연한 봄이구나.

어미, 하늘을 본다.

어미　　이야! 별도 없고 달도 없고.
동주　　청도가 어디야?
어미　　청도? 글쎄. 아버지도 할머니 치매 앓고 나서 처음 들었다던데. 아버진 중학교 때까지 부산에서 살았고 그 후로는 서울에서만 살았대.

동주, 대문으로 가 문단속을 한다.

어미 아까 내가 잠갔어.

동주, 평상으로 오다 수연을 보고 깜짝 놀란다.

어미 왜? 뭐가 있어? 귀신이라도 있니?

동주, 수연을 보라고 어미에게 턱짓을 한다.

어미 (그쪽을 보며) 예 예. 귀신 씨나락 까드세요. 야이, 이놈
아.

동주, 한숨을 쉬고는 마루에 와 앉는다.

동주 할아버지 고향이야?
어미 할아버지는 일본 유학 갔다 와서 독립운동 하시다가 아
버지 태어나기 전에 돌아가셨다는 것 같던데. 참 글피
가 할아버지 제사구나. 아이고 어깨야. 오늘따라 왜 이
렇게 욱신거리고 무겁니. 아이고 죽겠다~.

바람이 분다.

어미 아 바람 시원하다. 사는 것도 이렇게 시원-했으면 좋겠

다. (어깨를 만지며) 구석구석 안 아픈 구석이 없구나. 아이고 시원하다~ 봄이라 그런가 오늘따라 유독 어머니 잠든 얼굴이 화사하시네.

동주   조계사 뒤에 뭐가 있어?

어미   조계사 뒤에? 모르겠는데. 왜?

동주   안국동에 조계사 말고 다른 절이 있나?

어미   글쎄, 없을 걸. 왜?

동주   아냐.

어미, 피식 웃는다.

어미   첫사랑이 청도에 있나?

동주   흥, 누군가 죽이고 싶은 모양이던데.

어미, 동주를 본다.

어미   모두들 사는 게 반쪽이다.

동주   지긋지긋하지도 않나.

어미   그래도 어떡하니.

동주   그냥 죽지.

어미, 동주를 본다.

어미   동주야, 너…

동주 개명할까봐. 너무 중성적이야.

사이.

어미 난 시인이름이라서 좋은데. 네 이름 부를 때마다 높고 맑은 가을 하늘이 떠올라. 하늘을 우러러 한 점 부끄럼이 없기를…

동주 가을하늘 공활한데 높고 구름 없이 밝은 달은…

사이.

동주 밝은 달은…

사이.

어미 밝은 달은 우리 가슴 일편단심일세. 무궁화 삼천리 화려강산…

동주 듣기 싫어.

어미 지랄.

사이.

어미 동주야…

동주 아버지 늦으시네.

사이.

어미	무슨 일인지는 모르겠지만…
동주	시인이름?
어미	언제까지 이러고 있을 거니?
동주	시인이 좋아?
어미	출근도 안하고 집에만 박혀서…
동주	욕망에 쩔어 사는 새끼들.
어미	벌써 한 달이 넘었어.
동주	폼이나 잡는 새끼들.
어미	무슨 일인지 말을 해줘야…
동주	물 반 시인 반이야.
어미	사람이 얘길 하면 좀 들어.
동주	아버지 늦으시네.

사이.

어미	광주에 장거리 간다고 하셨으니까. 새벽에나 들어오실 거야.
동주	얼마나 잘 살겠다고.
어미	그렇게 너 키우고 공부시켰어, 이놈아.

어미, 일어나 들어간다.

어미	내일 새벽기도 갈 건데 같이 안 갈래?

사이.

동주	어느 쪽으로든 기울어질 수 있는 칼끝 같은 순간.
어미	뭐?
동주	그 칼끝 같은 순간에 기도나 하러 가자고.
어미	기도나가 아니라 기도가 널…
동주	가서 씻어야겠다.
어미	또? 벌써 몇 번째야? 수도요금…
동주	냄새 나. 역겨워. 알아?

동주, 수연을 한번 보고는 들어간다.
어미, 한숨을 쉬고는 자신의 옷의 냄새를 맡아본다.
어두워진다.

3장. 동주의 집 마당

동주, 책을 보고 있다.
고양이 줄을 목에 맨 수연, 동주 주위를 배회한다.
초인종 소리 들린다.
동주, 급히 집 안으로 들어간다.

수연, 동주를 따라 들어간다.

초인종 소리 들린다.

집안에서 어미 나와 대문을 연다.

기자 (명함을 내밀며) 안녕하세요. 정통시사주간지 〈시사 온〉의 주어진 기자라고 합니다. 박동주씨를 좀 만날 수 있을까 해서요.

어미 집에 없는데요. 핸드폰 해보시죠.

기자 그게요. 잠시 들어가도 되겠지요?

기자, 안으로 밀고 들어온다.

기자 계속 전화를 했는데도 안 받아요. 그래서 집으로 찾아온 거거든요.

어미 집에 없다니까요. 야밤에 이렇게 밀고 들어오시면…

기자 부끄럽습니다. 부끄럽구요. 아주 급한 일이거든요. 몇 가지만 물어보고 가보겠습니다.

평상에 있던 책을 집어든다.

기자 여기 책이 있네요. 영어? 레오 톨스토이, 리져렉션. 아! 부활. 이게 그러니까 예수님 얘기죠?

어미 왜 남의 물건에, 이리 주세요. 그럼 부활이, 부처님 얘기겠어요?

기자　아드님 책인가 보네요. 하긴 박기자 요즘 다시 태어나고 싶을 거예요. 아, 장난 아닐 거예요. 내 그 마음 백분 이해해요.

어미　무슨 얘기에요?

기자　박기자 어디 있죠?

어미　그걸 제가 어떻게 알아요.

기자　박기자가 말입니다. 지금 칼자루를 쥐고 있는 셈이거든요. 누군가를 죽여버릴 수 있는, 아 고운 말을 써야 하는데 부끄럽습니다. 없애 버릴, 보내버릴… 엄청난 타격을 줄 수 있는 칼자루를 쥐고 있다 이 말이거든요. 물론 위험한 일이겠죠. 그 양반이 상—당한 사람이거든요…

어미　아니 우리 애가 그 상당한 사람하고 무슨…

기자　아이 어머니, 그 양반이 상을 당했다는 얘기는 아니고요… 죄송합니다. 정재계 법조 언론까지 사돈팔촌에 얽히고설켜서 죽었다 싶으면 살아나고. 죽였다 싶으면 살아나고. 불사신 아시죠?

어미　우리 애가 그 상당한 사람하고 무슨 상관이냐구요?

기자　얼마 전에 여배우가 한 명 자살했죠? 그 여배우가 유서에다가 리스트를 올렸는데 31인의 봉인이라고 아주 유명하거든요.

어미　그게 우리 애하고 무슨 상관이죠?

기자　상관이 없죠. 없는데 박기자 신문사 사장이 31인 중에 한명인 건 아시죠?

어미   몰라요.

기자   그 중의 한 명이거든요. 그리고 그 사장의 아들이 박기
자와 대학 동기동창이다 이거죠… 아니 근데 기자는 전
데 왜 어머님이 자꾸 질문을 하세요? 이건 아니죠. 이
제 아무것도 말씀드리지 않겠습니다.

어미   우리 애가 그 일과 무슨 상관이냐고요?

기자   박기자가 그날 그 자리에 같이 있었다는 제보가 들어왔
어요. 그러니까 그 문제의 기획사 3층 접견실에서. 하
필이면 그 여배우 어머니의 제삿날 불려나가 성접대
를… 물론 그게 사실인지 아닌지 아무도 알 수 없는 일
이지만, 이런 소문이 돌면서 박기자가 사라진 거예요.
뭐 혹자는 도둑이 제 발 저린 거라고…

어미   도둑이라뇨!

기자   아니 저는 박기자가 도둑이라고 생각하지도 않고 박기
자 발이 저린다고도 생각하지 않습니다. 그래서 제가
박기자를 직접 만나서…

어미   나가세요.

어미, 기자를 떠민다.

기자   어머니 흥분하지 마시고, 제가 몇 가지만 물어보고…

어미   어서 나가세요.

기자   어머니 전 아직 한 가지도 못 물어봤거든요. 기자로서
정말 부끄럽지 않겠어요? 한 가지라도 물어보고…

어미　　나가세요.

기자　　우리나라 기자들 부끄러움이 없어도 너무 없는 거잖
　　　　아요. 물어볼 건 물어보고 따질 건 따져야지. 자기 밥
　　　　그릇에만 투철하다보니까 이게… 기레기가 뭡니까!
　　　　기레기가! 물론 저는 박기자가 그렇다고는 생각하지
　　　　않습니다…

어미　　안 나가면 경찰 부를 거예요.

기자　　경찰. 그러시면 안 되죠. 아드님도 기잔데. 기자를 경찰
　　　　에 넘기다니요. 요즘 기자 해먹기 정말 힘듭니다. 제가
　　　　검찰한테 구형받은 게 다 합쳐서 120년이에요. 우리나
　　　　라 떡검찰 이 엿 같은, 아 진짜 고운 말 쓰고 싶은데, 부
　　　　끄럽습니다. 박기자도 지금 무척 힘들 겁니다. 친구 따
　　　　라 강남 한번 잘못 갔다가 그게 지금 얼마나 힘들겠어
　　　　요. 그러니까…

어미　　어서 나가세요.

어미, 기자를 내보내고 문을 잠근다.

기자　　(소리) 어머니, 아무리 그래도 한 가지는 물어보고 어머
　　　　니. 어머니.

어미, 문을 등지고 서 있다.

기자　　(소리) 어머니, 그럼 오늘은 이만 가볼게요. 박기자한테

그 명함으로 연락 좀 달라고 전해주세요. 억울하게 죽은 사람, 원은 풀어줘야죠. 죽으면서까지 하고 싶었던 말. 누군가는 그 말을 해줘야죠. 정말 부끄럽거든요. 그럼 편히 쉬세요.

동주, 집에서 나와 어미를 본다.
수연, 동주의 주위를 맴돈다.

어미   이게 무슨 소리야?
동주   뭐가?
어미   이게 무슨 소리냐고?

동주 말이 없다.

어미   저 사람이 한 말이 사실이야?

수연, 동주를 가만히 바라본다.

어미   왜 말이 없어? 너도 기자잖아.
동주   월급쟁이일 뿐이야.

사이.

어미   그 자리에 갔었니?

동주, 말이 없다.

어미   갔구나. 그 자리에 왜 갔어?
동주   살아야 하니까.
어미   사는 거하고 그게 무슨 상관이야?
동주   내가 가고 싶어서 간 줄 알아?
어미   그럼 가기 싫은 거 억지로 따라 간 거야? 너희 사장이
       가자고 했니? 사장이 시킨다고 그런 델 따라가. 그런
       곳이 사람이 갈 자리야?
동주   엄만 아무것도 모르면 좀 가만히 있어. 그 말을 어떻게
       거부해? 그 말이 어떤 말인데.
어미   어떤 말인데? 하나님 말이라도 되니?
동주   그래 하나님 말이야. 그러니까 그만 좀 해!

사이.

동주   난 그 애 손끝 하나 건들지 않았어.

동주, 수연을 본다.
수연, 손끝으로 자신의 목줄을 들어올린다.
어두워진다.

4장. 동주의 집 마당

집 밖에서 차 소리 들려오며 헤드라이트 빛이 비친다.
빛이 사라지고 시동이 꺼진다.
대문으로 아비가 들어온다.
대문을 잠그고 평상으로 온다.
떨어져 있는 담배꽁초를 줍는다.
평상 위에 있는 동주의 책과 수첩을 챙긴다.
주위를 살피고는 집으로 들어간다.
현관불이 꺼진다.
정적.
벽 속에서 사자 푸르스름하게 비친다.
쉿소리가 날 듯 이승을 바라보다 사라진다.
어두워진다.

5장. 동주의 집 마당

울음소리.
아비, 평상에 앉아 동주의 수첩을 보고 있다.
대문 열리며 만삭의 경주 뛰어 들어온다.

경주   아빠, 대체 이게 무슨 일이야?
아비   왔나.

경주　　무슨 일이냐고?

아비　　아 놀라겠데이.

경주　　아이 정말.

경주, 울음소리 나는 방 안으로 들어간다.
경주의 울음소리가 더해진다.
아비, 멍하니 허공을 보고 있다.
할미가 방에서 나온다.

할미　　울지 말고 이리 나온나.

경주가 어미를 부축하고 방에서 나와 마루에 앉힌다.

할미　　울지 마라 안카나.

경주　　할머니는 정말, 그럼 지금 안 울게 됐어?

할미　　시끄럽다 마.

할미, 아비를 본다.

할미　　율이 니는 거서 지금 머하고 있노?

아비　　그냥 있습니더.

할미　　염병을 떨고 자빠짖데이. 할 짓이 그리 없더나. 나가 일
　　　　을 하든지 새끼가 저래 돼 있으이 처울든지. 할랑하이
　　　　그리 앉아 있드나.

아비	알겠십니더.
할미	알기는 뭘 안단 말이고. 니가 알기는 뭘 안다꼬 허구헌 날 안다캐샀는기고. 어이!
경주	할머닌, 아빠한테 도대체 왜 그래?
할미	너그 아바이 하는 꼴을 봐라.
경주	아버지가 뭐 어때서?
아비	고마 해라.
경주	아빠한테 한 번도 따뜻하게 대하는 걸 못 봤어.
할미	시끄럽다 마.

할미, 방으로 들어간다.

경주	엄마, 어떻게 된 거야?
어미	아무리 불러도 대답이 없어 방에 들어가니까… 애가 창백해… 손을 대니까… 얼음장처럼…

어미, 다시 울음을 놓는다.
경주, 같이 울면서 또박또박 물어본다.

경주	병원에 가 봐야 하는 거 아냐?
어미	119가 다녀갔어.
경주	뭐래?
어미	사망한 지 몇 시간 됐대.
경주	사인은?

어미	심장마비 같은데 확실치는 않다고.
경주	병원으로 왜 안 갔어?
어미	어머니가 동주 몸에 손도 못 대게 하셔.
경주	왜?
어미	동주는 죽은 게 아니래.
경주	할머니가 지금 제 정신이야? 치매 걸린 할머니 말을 왜 들어.
아비	오늘은 어무이 정신이 똑 바르시데이.
경주	아빠, 치매가 원래 왔다갔다하는 거잖아.
어미	아냐, 어머니 말이 맞는지도 몰라.
경주	엄마.
어미	그럼 어떻게 우리 동주가 죽어? 우리 동주가 왜 죽어? 개가 왜 죽어야 하냐고? 우리 동주가…

어미, 다시 울음을 놓는다.
경주, 더 크게 울음을 놓는다.

아비	좀 기다려 보재이.

할미, 시든 꽃을 한 다발 들고 나온다.

할미	까맣게 말라비틀어진 기 이기 무신 꽃이고.

할미, 시든 꽃을 마당에 팽개치고 들어간다.

경주 제정신으로 돌아오긴 했나보네.

경주, 동주의 책과 수첩을 보고는 집어 든다.

경주 아빠, 이건 뭐야?
아비 동주가 보던 책하고 수첩이데이.

경주, 책과 수첩을 살펴본다.
어두워진다.

어둠 – 빛과 어둠의 사이.
찰나, 그 속으로 빨려든다.
시간 너머
부유를 가로질러
숨이 숨을 죽여 공간 속으로 녹아든다.
가르고 갈라
시작과 끝의 사이.
휙
날카롭게 눈빛을 베고
끝 간 데 없는 영겁의 기억 속으로
소리 없는 소리,
느린 아우성을 가르며
질주한다.
彼岸의 결을 발라

사이의 끄트머리
이제는 기어이 베고야 만다.

2막. 저승

1장. 흑과 백

빛과 어둠으로 추상된 공간.
공간 가득 깊고 아름다운 우주가 펼쳐지고 있다.
별자리들이 바둑알처럼 박혀있다.
백색 옥황과 흑색 염라의 모습이 보인다.
옥황과 염라, 말없이 우주를 보고 있다.
그들의 모습이 정물화 같다.
옥황, 손짓으로 가볍게 한 수 둔다.
염라, 심각하게 우주를 쳐다본다.

염라   또 죽게 생겼네.

사이.

옥황   자살하는 인간들이 그렇게 많다며?
염라   왜 그렇게 죽어대는지… 아 이거 골치 아프네.

염라, 손짓으로 간신히 한 수 둔다.

옥황 나는 미생자들 때문에 죽겠어. 태어나지도 않은 것들이
     떼로 죽어 들어오니.

염라 빨리 둬.

옥황 나 할 차례니?

염라 그래, 어떡할 거야?

옥황 별수 없지. (가볍게 한 수 두며) 인간들 사랑 못하게 할 수
     도 없고.

염라 또 죽었네.

     염라, 옥황을 가만히 본다.

염라 옥황아.

옥황 왜?

염라 나쁜 년.

     옥황, 염라를 담백하게 본다.

옥황 염라야.

염라 왜?

옥황 다시 한 번 말해 볼래.

염라 나쁜 년.

옥황 왜?

염라 살려 줘야 할 것 아냐.

옥황 뭘?

염라   거 뭐야, 거 태어나기도 전에 죽어 들어오는 미생자들.

삐― 소리가 난다.

염라   (당황하며) 대마, 아니 거, 어린것들 살려 줘야 할 것 아냐.

삐― 소리가 난다.

염라   그러니까, 험. 어린 대마, 거 태어나기도 전에 죽은 대마. 험험.

옥황   염라야.

염라   왜.

옥황   염병을 떨어라.

염라   염병! 내가 제일로 싫어하는 말을!

옥황   대마 살려 달라 그래, 응?

염라   날 어떻게 보고.

옥황   그냥 물러 달라고 해.

염라   습관적으로 날 우습게 봐.

옥황   물러 말어?

염라   물러.

옥황   부끄럽지 않니?

염라   부끄러워.

옥황   너 자꾸 거짓말하면 지옥 간다.

염라   웃기지 마. 어서 물러.

옥황, 한 수를 물러준다.
염라, 다시 한 수를 고민한다.

염라   골치 아프네.
사자   어서 가자 빨리 가자. 지체 말고 빨리 가자. 가자가자가
자 강아지 오자오자오자 오징어.

저승사자가 동주를 데리고 등장한다.

사자   무념.
옥황   무상. (사자에게 명부를 받는다. 동주를 보며) 어린애가 벌
써 왔니? 뭘 그렇게 째려보니? (명부를 보며) 1928년 4월
10일생, 서울 우이동 성금자. 여든아홉이라, 여든아홉?
(동주를 물끄러미 보며) 곱게 늙었네. (명부와 동주를 번갈아
보다가) 너 금자 맞니?
동주   박동주입니다.
사자   으악!

사자, 화들짝 놀라며 자신의 입을 막고 염라의 눈치를 살핀다.
염라, 바둑삼매에 빠져 있다.

옥황   금자는 누구니?

동주 글쎄요.

옥황 (부드럽게) 어떻게 된 거니?

사자 (조용히 동주에게) 1928년 4월 10일생, 서울 우이동 성금자. 여든아홉. 너 아냐? 너 맞잖아. 동안이면 다야, 너 맞잖아!

동주 할머니 이름 같은데요.

사자 으악!

사자, 손으로 자신의 입을 막는다.

옥황 같은데요? 할머니 이름도 모르니? (염라에게) 얘 염라야.

염라 그래 알았어.

염라, 간신히 한 수를 두고는 통쾌하게 웃으며 둥실둥실 춤을 춘다.

옥황 골치 아프게 생겼어.

염라 그래 옥황이 너 골치 좀 아플 거다.

염라, 통쾌하게 웃으며 둥실둥실 춤을 춘다.

옥황 염라야, 일 났다니까.

염라 그래 너는 이제 일 났다 일 났어.

옥황 사자가 사람을 잘못 데려 왔어.

염라　무어라!

사자는 바짝 얼어 있고, 염라가 사자에게 간다.

염라　명령문!
사자　서울 우이동 47번지! 현관으로 들어가 마루에 똑바로 섰을 때, 오른쪽 두 번째 방에 자고 있는 인간을 무조건 데려 와라. 맞는데…
염라　맞는데.
사자　글쎄, 맞다니까 그러시네. 사자 하루 이틀 하는 것도 아니고.
옥황　너 현관에 들어가서부터 다시 해봐.
사자　아 나 참. 현관으로 들어가. 마루에 똑바로 섰을 때. (왼손을 올리며) 오른쪽 두 번째 방에…
옥황　잠깐. 왼손 들어. 오른손 들어. 왼손, 오른손. 오른손 왼손. (사자, 열심히 반대 손을 든다) 염라야, 저승사자 네가 뽑지?
염라　응, 아니, 그러니까 내가 뽑는데, 너 너…
사자　아니 도대체 내가 뭐?
옥황　물러가라.
사자　무념.
염라　무상!

염라, 사자를 향해 돌진하고 사자 황급히 도망간다.

사자 아! 분명히 저 망할 놈이 죽은 기운이었다니까요.

염라 이 망할 놈이!

그러든지 말든지, 옥황은 동주에게 거울을 비춰본다.

옥황 이게 그러니까. 1983년 10월 31일생. 서울 우이동 47
번지. 남자?

옥황, 동주를 본다.

옥황 죽고 싶구나.

동주, 옥황을 본다.

옥황 왜 죽고 싶니?

염라와 사자가 뛰어 지나간다.

옥황 뭐 중요한 것도 아니고. 네가 바뀌었어, 할미하고.

동주 내가 죽었다는 얘긴가요?

옥황 말하자면 그렇지.

동주, 멍하니 허공을 본다.
염라와 사자 뛰어 지나간다.

옥황	염라야 밑에 좀 보렴.

염라, 쫓기를 멈추고 밑을 본다.

염라	이제 막 가족들이 알아챘어.
옥황	몸뚱어리는 성하니?
염라	응, 아직 괜찮은데.

염라, 다시 사자를 쫓아간다.

옥황	아직은 네가 돌아갈 수가 있어. 조금 소란스럽겠지만.
동주	가지 않겠습니다.

염라, 동주에게 뛰어온다.

염라	안 가!
동주	예.
옥황	왜에?
동주	그냥요.
옥황	그냥?
염라	누구 맘대로. 여기가 어딘 줄 알고. 우리가 누군 줄 알고. 이걸 당장!
동주	당장?
염라	당장!

동주 당장?

염라 당장… 어…

동주 죽기까지 한 마당에.

염라 그러니까…

동주, 주위를 둘러보고는 숨을 깊게 들이쉰다.

동주 아 시원하다! 아~! 아하하하!

동주, 주위를 둘러본다.

동주 빛이고, 어둠이라. 다를 것도 없네. 아저씨가 어둠이죠?

염라 아저씨!

동주 인상 참 그렇다. 아줌마가 빛이죠?

옥황 아줌… 아줌마가 아니라 이쪽은 시작이고 저쪽은 끝이지.

동주 시작이 좋아요, 끝이 좋아요?

옥황 둘 다 괜찮아. 인간들은 보통 시작을 선호하데.

동주 당연하죠.

염라 왜? 끝이 어때서.

동주 정말 인상 그렇다. 왜긴요? 끝에 대해서 한번 설명 해 봐요.

염라 에, 우선은 멀다. 알 수 없다. 고통이다. 어둠이다. 흑색이다. 또… 설움이다.

동주　시작은요?

옥황　가깝다. 확실하다. 희망이다. 빛이다. 백색이다. 설렘
　　　이다.

동주　아저씨 같으면 어디로 가겠어요?

염라　끝.

동주　끝장이다. 이럴 때, 우리 할머니가 잘 쓰는 말이 뭔 줄
　　　아세요?

염라　뭔데?

동주　염병을 떨고 자빠졌데이.

염라　염병! 야− 내가 제일로 싫어하는 말을. 내 당장 이…

동주　할머니가.

염라　할망구를!

옥황　다시 한 번 생각 해 보지. 여긴 마음먹는 대로 되는 곳
　　　이야.

　　　사이.

동주　돌아가지 않겠습니다.

　　　옥황, 거울을 꺼내 든다.

염라　다시 한 번 생각해보지. 한 번 태어나기가 쉽지 않은데.
동주　돌아가지 않아요.

염라, 방울을 꺼내 든다.

옥황 너한테 주어진 몸과 마음은 어떡하고.

염라 너한테 주어진 시간과 공간은 어떡하고.

동주 어긋난 몸과 마음, 뒤틀린 시간과 공간, 개한테나 주시죠.

옥황, 거울을 돌리며 빛을 반사한다.

옥황 그럼 선택해.

동주 무슨 말이죠?

염라, 방울을 돌리며 소리를 낸다.

염라 시작이든 끝이든.

옥황 백색이든 흑색이든.

동주 선택을 하게 되면 어떻게 되죠?

염라 네 마음대로 흐르게 되지.

동주 흐르다뇨?

옥황 시작에서 끝으로

염라 끝에서 시작으로.

동주 무슨 소리죠?

옥황 어둠이 빛이 되고 빛이 어둠이 되지.

동주 논리적으로 얘길 해보세요.

염라	시작도 없고 끝도 없어.
동주	그럼 뭘 선택하라는 얘기죠?
옥황	모든 건 선택으로 흘러가.
동주	그러니까 뭘 선택하라는 거죠?
염라	지금 이 순간 존재하라는 얘기야.
동주	뒤죽박죽. 왜 내가 정해야 하죠?
옥황	네 마음속이니까.
동주	무슨 말이죠?
염라	선택을 해야 한다는 말이야.

사이.

옥황	빛이니.
염라	어둠이니.
옥황	시작이니.
염라	끝이니.

동주, 정면을 응시한다.

| 동주 | 시작이든 끝이든 나를 지워버리고 싶어요. |
| 옥황 | 시작하자. |

옥황이 천천히 동주의 주위를 돌며 은밀하게 속삭이기 시작한다.

옥황　　가나다라마바사아자차카타파하가나다라마바사아자차
　　　　　카타파하…

동주의 무릎이 꺾인다.
어두워지며 동주 머리위로 빛이 떨어진다.
거울에 비치는 빛의 반사가 몽환적이다.

동주　　뭐 하는 거죠?
옥황　　나를 지우는 거야. (주문처럼 천천히 속삭인다) 무명은업
　　　　　이되고 업은 인식을낳고 인식은마음이되고몸이되고 몸
　　　　　은접촉하고갈애하고집착하고 집착은존재를낳고재생하
　　　　　고 재생은늙고병들어죽어가고 나는내일이되어바람을
　　　　　낳고 바람은욕망이되어태어나고 태어남은내가되고시
　　　　　간이되고공간이되고오늘이되어 가나다라마바사아자차
　　　　　카타파하가나다라마바사아자차카타파하…

동주의 호흡이 가빠진다.

옥황　　내가지워시고빛이되고영원되고하나되어 나도없고너도
　　　　　없고시작도없고끝도없고 시간과공간을가로질러찰나가
　　　　　영원을갈라 빛과어둠이하나되어 내가 옅어지고 작아지
　　　　　고 사라지고…
동주　　잠깐만요!

옥황, 동작을 멈춘다. 밝아진다.

옥황   왜?

동주, 정면을 뚫어지게 바라보고 있다.

동주   내가 사라진다고 생각하니까… 캄캄한 어둠 속으로 내가 사라진다고 생각하니까… 서럽고 두려워서 못 견디겠어요.

옥황, 동주를 가만히 본다.

옥황   나일수록 고통일 텐데.
동주   그래도, 나로 남고 싶어요.
옥황   그럼 끝으로 가.
동주   끝으로 가면요?
염라   나만 있지.
동주   끝으로 가겠어요.
염라   돌이킬 수 없어.
동주   괜찮아요.
염라   끝내자.

염라가 천천히 동주의 주위를 돌며 은밀하게 속삭이기 시작한다.

염라　가나다라마바사아자차카타파하가나다라마바사아자차
　　　카타파하…

어두워지며 동주 머리위로 빛이 떨어진다.
방울의 소리가 몽환적이다.

동주　이건 또 뭐 하는 거죠?

염라　나를 칠하는 거야. (주문처럼 천천히 속삭인다) 무명은업
　　　이되고 업은 인식을낳고 인식은마음이되고몸이되고 몸
　　　은접촉하고갈애하고집착하고 집착은존재를낳고재생하
　　　고 재생은늙고병들어죽어가고 나는어제가되어기억이
　　　되고 기억은후회가되어죽음이되고 죽음은나를풀어내
　　　어시간과공간이사라지고오늘이사라지고 가나다라마바
　　　사아자차카타파하가나다라마바사아자차카타파하…

동주의 호흡이 가빠진다.

염라　내가칠해지고나만홀로남아빛이되고영원이되고하나가
　　　되어 내속에나도있고너도있고시작도있고끝도있고 공
　　　간과시간을잘라내어영원이찰나를갈라 어둠과빛이하나
　　　되어 나만 홀로남아 나타나고 짙어지고 커지고… 나타
　　　나고… 짙어지고… 커지고…

동주　그만!

염라, 동작을 멈춘다. 밝아진다.

염라   왜 나한테는 반말이야?

동주, 정면을 뚫어지게 보고 있다.

동주   지금까지 혼자였어. 아무도 들어올 수 없는… 적막한 벽 속에서… 텅 빈 채 혼자였어.

사이.

동주   지워지기도 싫고 혼자 있기도 싫어.

어두워진다.

2장. 빛의 소리

깊은 호흡, 소리
눈부시게 부서지는 햇살
바람에 흔들리는 나뭇잎
동주의 눈
날카롭게 번쩍이며 눈을 찔러오는 반사광, 소리

창공에 떠 있는 수리 한 마리

눈을 찌푸리는 동주의 얼굴

그려지는 누드크로키

수연의 누드

연필을 깎는 칼, 소리

칼에서 반사되는 날카로운 반사광

손가락을 베는 칼

피어나는 피

동주의 누드

완성된 누드크로키

흘러내리는 눈물

벗은 수연의 가슴

깊은 눈동자

바람에 흔들리는 나뭇잎, 소리

눈부시게 부서지는 햇살

3장. 이미지, 몽타주.

백색에 어둠이다.

백색이 도드라진다.

가느다란 빛들이 비춰지고 있다.

실장이 의자에 앉아 졸고 있다.

옥황과 염라, 동주가 들어온다.

염라　어험.

실장이 놀라 벌떡 일어나 경례를 한다.

실장　무념!
염라　무상.
실장　근무 중 이상은 이상이 이상 무!

삐ー 소리가 난다.

실장　근무 중 잠깐 졸았음!
염라　애들이 하나같이 왜 이런지 몰라.
옥황　여기가 이미지 방이야. 네가 굳이 선택하지 않겠다고
　　　　하니 네 삶으로 판단해야겠어.
동주　내 삶을 어떻게 알죠?
옥황　세포가 기억해. 기억은 우주에 맺히고. 우주는 다시 세
　　　　포에 새겨지고.
동주　우주가 세포에 새겨진다고요?
염라　우주는 한없이 커지기도 하고 끝없이 작아지기도 해.
　　　　기억이 무의식이 되면서 이미지가 되고, 얼룩이 되고,
　　　　무늬가 되지. 그 무늬가 우주에 맺혀 있다 다시 욕망이
　　　　되고, 그 욕망이 쌓이고 쌓여서 비로소 하나의 세포가

되는 거야. 너는 이게 무슨 말인지 알겠니?

옥황 이미지가 되는 순간부터 말을 벗어나게 돼. 기억나지 않는다는 얘기야. 네 세포 속에 맺혀있는 무늬를 풀고 이미지에 말을 입혀서 가져오면 네가 살아온 삶이 펼쳐지는 거야.

염라 (앉으며) 실장, 이 녀석의 인생을 펼쳐봐.

실장 알겠습니다. (동주의 얼굴을 보며 진지하고 엄숙하게) 박동주, 1983년 10월 31일생. 서울 우이동 47번지. 가나다라마바사… 사… 사…

염라, 한숨을 쉬고는 일어난다.

염라 한심해서 원. 가나다라마바사 사 사…

옥황 아 아.

염라 아! 자차카타파하. 다시 해봐.

실장 (진지하고 엄숙하게) 박동주, 1983년 10월 31일생. 서울 우이동 47번지. 가나다라마바사아자차카타파하가나다라마바사아자차카타…

실장의 주문소리가 낮게 깔리며 서서히 어두워진다.
어둠속에서 동주의 모습만 보인다.
어린아이 웃음소리가 들려온다.
동주의 삶들이 차례로 들려온다.
일상의 이미지가 떠오르는 소리와 말들.

동주, 진지하게 자신의 삶을 바라본다.

동주의 인생이 주마등처럼 지나간다.

동주의 기쁨과 분노와 사랑과 고통이 흘러간다.

도시의 소음들과 자연의 소리들이 사계절이 변하듯 변해간다.

어느 순간, 실장이 손뼉을 한번 치자

동주가 최면에 걸린 듯 어렵게 말을 풀어내기 시작한다.

마치, 내면의 소리처럼 울려 퍼진다.

동주　　가나다라마바사아자차카타파하.

염라　　말을 해.

동주　　가나다라마바사아자차카타파하.

옥황　　말을 해.

동주　　가나다라마바사아자차카타파하.

염라　　말을 하라니까.

동주　　가나다라마바사아자차카타파하.

옥황　　글자만 내뱉지 말고 말을 해.

동주　　가나다라마바사아자차카타파하.

염라　　가슴을 울려서 말을 울려.

동주　　가나다라마바사아자차카타파하.

옥황　　마음을 움직여서 말을 움직이라니까.

동주, 호흡이 가빠진다.

동주의 몸에서 말이 흘러나온다.

동주 하파타카차자아사바마라다나가.

말 가만히 있으면 돼.

동주 가나다라마바사아자차카타파하.

말 하지 마. 아무것도 안하면 돼. 생각도 하지 마.

동주 하파타카차자아사바마라다나가.

말 가만히. 거짓말 할 것도 없고. 부정할 것도 없어. 가만히 있으면 돼.

동주 가나다라마바사아자차카타파하.

말 하지 마. 아무 소리 내지 말고 가만히 숨죽이고 있어.

동주 가나다라마바사아자차카타파하 하지마. 하지마. 하파타카차자아사바마라다나가 가만히 있어. 가만히. 숨도 쉬지 마.

옥황과 염라 손으로 입과 코를 가린다.
동주, 숨을 멈추고 가만히 있다.
시간이 흐르고 동주의 막혔던 숨이 뚫린다.

동주 하아! 하아 하아 하아…

동주, 허리를 숙이고 숨을 몰아쉰다.
어디선가 콧노래소리 들려온다.
수연, 콧노래를 부르며 천천히 걸어 나온다.
동주, 조용히 뒤로 물러나 어둠 속으로 숨는다.

수연   엄마, 엄마가 죽기 전에 나보고, 누구보다도 빛나고 영원히 기억되는 꽃이 되라고 했어. 그래서 나는 설화가 될 거야. 겨울에도 시들지 않는 꽃 설화. 눈처럼 하얗고 순결한 꽃 설화!

신나면서 애잔한 음악소리.
수연, 춤을 춘다.
동주, 편지를 읽는다.

동주   연예지망생들 접견실로 불려가서 약 탄 와인 마시고 더러운 짓 다 당하고 이렇게 당한 사실이 인터넷 같은데 알려질까봐 시키는 대로 다 해야 하고. 하루하루 무슨 일이 터질 것 같아 불안하고 초조하고.

수연, 춤을 춘다.

수연   아름다운 꽃 설화! 순결한 꽃 설화! 그 꽃처럼 하얗고 화려한 옷을 입고 눈부신 조명을 받으면서 빨간 카페트 위를 걸을 거야.

동주   화려한 옷으로 바뀔 때면 난 또 다른 악마들을 만나야 하고 머리를 이쁘게 꾸미게 되면 난 또 새로운 개들을 만나야 하고. 오라가라 벗어라. 회사도 술집도 호텔도 아닌 그 개 같은 접견실에서 PD, 감독, 대기업 이사, 검찰, 기자, 신문사 사장. 기본적으로 거쳐야 할 스타 진

입로라고. 벨소리만 들어도 불안하고 무서워.

수연 엄마, 엄마 제삿날 난 하늘에 있는 엄마한테 다짐했어. 난 내 꿈을 위해서 누구보다도 열심히 살 거라고. 아무리 힘들어도 포기하지 않고, 자존심 같은 거 다 버리고, 가장 낮은 곳에서 몸이 부서져라 노력할 거라고.

동주 엄마 제삿날이라 안 가겠다는데 페트병으로 때리고 욕하고. 나한테 쳐 바른 돈이 얼만데 제대로 엮는 게 없다고. 최고 1% 맨들을 상대하는 운 좋은 년이라고. 만나기도 쳐다보기도 힘든 대한민국 최고의 레벨들을 품는 거니까 즐기라고.

수연 춤을 멈추고 먼 곳을 응시한다.
음악이 사라진다.

수연 모든 게 환상이었고 꿈이었던 것 같아. 그곳은 어떨까. 혼자 가면 무지 쓸쓸하고 외롭고 무서울 것 같은데. 모든 시간이 멈춰져 있는 거 같아. (사이) 하늘에서 지켜보고 있을 엄마 아빠 때문에 죽지도 못하고. 머리가 넘 혼란스럽고 터질 것 같고 미쳐버릴 거 같고 가슴이 넘 답답해서 그래서 숨이 막혀 죽을 거 같고 악마들 정말 죽여 버리고 싶어. 미친 새끼들. 동생이 보고 있는 자리에서 내 거길 만지고 강제로 하고. 넘 불결하고 비참해 미칠 거 같아.

음악이 다시 터져 나온다.
수연, 격렬하게 춤을 춘다.
고통을 떨치듯 춤을 춘다.
무게를 떨치듯 춤을 춘다.
수연, 조용히 꿇어앉는다.
음악이 점점 커져간다.
수연, 고양이 줄을 목에 감는다.
음악이 점점 더 커져가다. 뚝 끊긴다.

수연   저는 힘없고 나약한 신인배우입니다. 이 고통에서 벗어나고 싶습니다.

사이.

동주   그래 너도 죽고 나도 죽었어. 다 끝난 거 아냐? 난 할 말이 없어.

삐- 소리가 난다.

동주   법적으로 아무 문제없어.

삐- 소리가 난다.

동주   아무 증거도 없어.

삐– 소리가 난다.

동주   난 아무 짓도 하지 않았어.

삐– 소리가 난다.

수연   넌 다 알고 있잖아. 왜 말하지 않니? 내 말은 내 가슴을 찢어서 토해낸 말이야. 내 목숨을 실어서 쓴 말이야. 조작이 아닌, 허위가 아닌, 말이야.

수연, 조용히 꿇어앉는다.

수연   스타가 되고 싶은 꿈이 잘못이야? 그 꿈을 이루기 위해 몸이 걸레가 되도록 마음이 다 해지도록 모든 걸 바쳐 열심히 살았는데. 왜 내가 허위고 조작이니? 왜 내가 죽어야만 하니?

동주, 천천히 수연 뒤로 다가선다.

동주   난 아무 죄도 없어. 그러니까 네가 죽어야만 해.

삐– 소리가 길게 이어진다.
동주, 천천히 수연의 목을 조른다.
수연, 숨이 막혀간다.

정적이다.

영겁의 무게가 흐른다.

칼끝 같은 순간.

동주의 눈에서 눈물이 흐른다.

동주   아!

동주, 수연을 밀친다.

수연, 나비처럼 날기 시작한다.

동주   내가 뭘 그렇게 잘못했어? 너한테는 손끝 하나 대지 않았잖아. 내가 가고 싶어서 간 줄 알아? 사장이 원하는데 어떻게 안가니? 일본노래를 부르고 싶어서 부르는 줄 알아? 그 아이를 만지고 싶어서 만진 게 아니야! 너는 네가 원해서 온 거였잖아. 네가 뜨고 싶어서 스타가 되고 싶어서 네 스스로 옷을 벗었잖아.

동주, 편지들을 갈기갈기 찢어 수연에게 던진다.

동주   네 말 따위 아무도 믿지 않아. 모두 허위고 조작이니까. 왜 나한테서 떨어지지 않아? 제발 입 닥치고 사라지란 말이야. (다른 목소리) 다 된 밥에 재 뿌리고 지랄이야. 쌍년아, 내가 너한테 처바른 돈이 얼만지 알아?

동주, 놀라며 뒤로 물러난다.

동주 이건 내 말이 아냐. 이건 내 말이 아냐! (다른 목소리) 너
는 스타 되고, 나는 즐기고. 윈윈. 자존심 같은 거 사는
데 도움 안 돼. 그냥 개처럼 놀아보자고.

동주, 놀라며 뒤로 물러난다.

동주 이건 내 말이 아냐! 이건 내말이 아냐. (다른 목소리) 어
이 쌍년. 너 운 좋은 줄 알아. 대한민국 최고 레벨들을
품는 거야. 그러니까 오라면 오고 벗으라면 벗고 가라
면 가.

동주, 자신의 입을 찢으며 자해한다.

동주 이건 내 말이 아냐, 내 말이 아냐! 입을 찢어버리겠어!
옥황 동주야.

동주의 한 손이 펴지며 휘청거린다.

동주 놔! 이거 놓으란 말이야!
염라 동주야.

동주, 두 손이 공중에 묶인 채 떠들어댄다.

동주   이거 놔! 이건 내 말이 아냐. 이건 내 말이 아냐. (다른 목소리) 니들이 뭔데? 니들이 나를 심판하겠다고? 병신 들. 니들은 깨끗해? 니들이 나한테 돌을 던지겠다고?

수연, 사라진다.

동주   이건 내 말이 아냐! 이거 놓으란 말이야! 찢어버릴 거 야. 모두…
옥/염   입.

동주, 입이 묶인다.
동주, 손과 입이 묶인 채 씩씩거린다.
동주, 가만히 허공을 노려본다.

염라   욕망이 희망인지.
옥황   욕망이 절망인지.
염라   시작 같기도 하고
옥황   끝 같기도 하고.
염라   어둠인지 빛인지.
옥황   백인지 흑인지.
염라   마음을 움직여. 말해봐.
옥/염   입.

사이.

동주   모르겠다.

옥황과 염라, 동주를 바라본다.

염라   뭐?

옥황   모르겠다.

동주   모르고 모르니 몰라서 모르겠다. 나아가고 욕망하고 만족하고 오만하고 방자하여 미쳐 날뛰고, 고통스럽게 절망하고 두려워 조심하고 멈춰 서서 돌아보고 불안하게 앞뒤를 가늠하며 좌우를 둘러본다. 하지만 모르고 모르니 몰라서 모르겠다. 정말 모르겠다.

염라   모르긴 뭘 몰라. 왜 몰라. 불 켜!

밝아진다.
염라, 벌떡 일어나 서성거린다.
옥황, 턱을 괴고 앉아 고민한다.
동주, 멍하니 허공을 보고 있다.

염라   망할 놈.

옥황   염라야.

염라   왜 옥황아?

옥황   말 좀 곱게 해라.

염라   저 망할 놈 때문에 이 고생이잖아. 뭐? 몰라?

옥황   저 아이를 어떡할까?

염라 　모르고 모르니 몰라서 모르겠다. 정말 모르겠다. 실장,
　　　　저 놈을 당장 깨워.

실장이 손뼉을 두 번 친다.

염라 　(동주의 주위를 돌며) 네가 여길 우습게 보는 모양인데,
　　　　모르고 모르니 몰라서 모르긴 뭘 몰라 왜 몰라? 네 말
　　　　은 네가 제일 잘 알지. 모르긴 뭘 몰라? 왜 네 말을 외
　　　　면해. 왜 침묵하는 거야. 뭐가 두려워서 말을 안 하는
　　　　거야? 도대체 뭐야? 시작이야 끝이야, 흑이야 백이야,
　　　　삶이야 죽음이야, 나야 너야? 말하고 말하니 말해서
　　　　말-해!

코고는 소리 들려온다.
동주, 최면에서 깨어나지 못하고 있다.
염라, 뒷목을 잡고 호흡을 고른다.
당황한 실장, 몸 둘 바를 모르며 박수를 친다.
동주, 박수에 맞춰 엉성하게 움직인다.
실장, 장시간의 손뼉에도 효과가 없자 주문을 왼다.

실장 　가가-나다라마사-사-사- 어… 아! 자자 차카타파하!

동주, 바닥을 쓸고 반듯이 눕는다.

동주　　어… 아! 자자 차카타파하! 염병.

동주, 잠에 빠져든다.

염라　　여염 으–아!

어두워진다.

4장. 빛의 기억

깊은 호흡소리 들려온다.
흑과 백이다.
햇살이 눈부시게 부서지고 있다.
나뭇잎이 바람에 흔들리고 있다.
동주의 눈이 보인다.
동주가 길을 따라 걸어간다.
새들이 지저귄다.
꽃들이 만발하다.
한 소녀가 보인다.
동주가 담 뒤에 숨어서 본다.
소녀가 사립문 뒤에 숨어서 밖을 훔쳐보고 있다.
길을 따라 하얀 와이셔츠를 입은 청년이 걸어온다.

아침햇살에 와이셔츠가 눈부시다.

청년이 소녀와 눈이 마주치자 미소 짓는다.

미소가 부드럽고 따뜻하다.

소녀는 얼른 감나무 뒤로 숨는다.

청년이 소녀에게 꽃을 건넨다.

빨간 꽃 한 묶음이다.

소녀는 고개를 숙인 채 꽃을 받는다.

청년이 지나쳐간다.

소녀 조심스레 밖을 살핀다.

멀리 청년의 뒷모습이 보인다.

당산나무 그늘 아래로 들어간다.

아득하다.

소녀의 눈에 눈물이 그렁하다.

동주의 모습이 보인다.

동주의 눈이 보인다.

햇살이 눈부시게 부서지고 있다.

나뭇잎이 바람에 흔들리고 있다.

5장. 이미지, 현상

흑색에 빛이다.

흑색이 도드라진다.

가느다란 빛들이 비춰지고 있다.
옥황과 염라, 골똘히 고민하고 있다.
사자와 실장 손을 들고 꿇어 앉아있다.
동주, 아직 자고 있다.

염라 이 망할 놈을 어떻게 하면 좋을까.

옥황 글쎄.

염라 그냥 돌려보내버리자.

옥황 싫다잖아.

염라 그러니까 왜 싫으냐고. 다들 더 못살아서 난린데. 똥인
지 된장인지도 모르는 놈이 올라와서는 난리야 난리가.
누가 오래?

옥황 누가 데려오래?

염라 누가 데려오래? 손 똑바로 들어! 귀신이면 귀신처럼 일
처리를 해야지. 이러니 귀신 씨나락 까먹고 있다는 소
리나 듣고 있지. 한심한 것들.

옥황 일어나.

사자와 실장, 벌떡 일어난다.
동주, 조용히 일어난다.
사자와 실장, 조용히 다시 꿇어앉는다.

옥황 네 삶으로도 판단을 못 내리겠어. 조금 더 살아 보는 게
어떨까.

동주 왜 선택해야 하는 거죠?

염라 변하고 흘러야 하니까.

동주 무슨 소리죠?

옥황 말로는 더 이상 드러나지 않아.

동주 차라리 할머니처럼 치매로 살았으면 좋겠군요.

염라 기억하지 못한다고 고통이 사라지는 건 아냐.

동주 기억하지 못하는데도 고통이 남아있다고요?

옥황 치유 받지 못한 고통은 얼룩으로 남아있으니까.

동주 고통이 얼룩으로 남아있다고…

동주, 생각을 한다.

동주 청도?

옥황 청도?

염라 청도?

동주 할머니는 빛과 어둠 어느 쪽이죠?

옥황 그건 알 수 없지.

동주 알고 싶어요.

염라 뭐!

동주 알고 싶다고요.

옥황 네 세포에 유전된 기억을 볼 수 있기는 한데…

염라 안 돼!

동주 왜 안 되죠?

염라 말을 벗어나야 하니까.

동주   말을 벗어난다구요?

염라   그래, 네 기억 너머 얼룩으로 우리까지 같이 가야 한
        다고.

동주   보여주세요.

염라   안 돼! 난 얼룩이 싫어.

옥황   행복이든 고통이든 네가 그대로 느끼게 돼.

동주   괜찮아요.

염라   안 괜찮아! 우리도 그대로 느끼게 된단 말이야!

옥황   염라야 가자.

염라   싫어, 싫어. 얼룩덜룩 싫다니까!

옥황   보고 싶다잖아.

염라   뭐 저런 놈이 다 있어. 말도 안 듣고 예의도 없고 바라
        는 건 많고. 망할 놈. 망할 놈.

옥황   얘들아, 가자

사자, 실장 (벌떡 일어나며) 예! … 근데 어디로?

옥황   말 너머 얼룩으로.

실장   얼룩… 말?

사자   말 너머는 잘 모르겠는데요.

염라   그래 우리 가지 말자.

옥황   염라야 가자.

        옥황과 염라 의식적인 동작을 한다.

옥황   옴.

염라　훔.

옥황과 염라 동작을 하며 어둠속으로 사라진다.

염라　ㄱ, ㄴ, ㄷ, ㄹ, ㅁ…
옥황　ㅏ, ㅑ, ㅓ, ㅕ, ㅗ…

어두워진다.
암전 속에서 자음과 모음이 들려온다.
할미가 나타난다.
허공에 할미의 모습이 떠오른다.
여러 겹의 할미가 한없이 중복된다.
할미, 차분하게 말을 한다.

할미　1928년에 청도에서 소작농의 셋째 딸로 태어났지예. 가난했지만 어무이 아버지하고 우리 6남매 오순도순 행복하게 살았습니더. 열세 살 때 주인집 도련님이 일본서 유학하다 들어와가꼬 아침마다 산책을 한다 아입니꺼. 숨어서 지켜봤지예.

새소리 들려온다.

할미　하얀 와이샤스를 입고 걸어오는데 얼매나 눈부시든동. 그란데 어느 봄날 아침에 도련님이 내인데로 온다 아입니꺼. 빨간 복사꽃을 주는기라예.

심장박동소리 들려온다.

할미　심장이 어데까지 뛰댕기든지. 살째기 고개 들어 보이까네 벌써 저만치 걸어가고 있는 기라예. 당산나무 그늘로 슥 들어가는데 뭔가 아득하이 서러분기… 그 다음날 도련님이 만주로 떠났다 카데예. 독립운동 한다꼬. 및 날며칠을 눈물로 보내다가 하루는 복순이하고 산에 가서 나물 캐고 있는데 일본군인하고 어떤 남자가 난데없이 나타나가꼬는 우리보고 가자케예. 돈 마이 버는 공장에 너준다꼬. 공부하게 해준다꼬. 집에 가야 된다꼬 울고불고 해도 막무가이로 트럭에 태우데예. 그 힘을 우예 당합니꺼. 그래가 트럭을 타고 한참을 가이께로 기차역인기라. 기차도 처음 보고 우리또래 여자들도 수북한기 정신이 없었습데. 그란데 한 옆에 그 복사꽃이 피어있다 아입니꺼. 그래 얼릉 그 꽃을 꺾어가꼬 숨갔지예.

기차소리 들려온다.

할미　짐짝처럼 마카 한데 실리가꼬 갔습데. 겁먹은 짐승마냥 발발 떨면서도 그 복사꽃을 꼭 쥐고 있었지예. 덜컹덜컹 덜컹덜컹 끝도 없이 가는 기라예. 똥이 마려분데 말도 몬하고 울기만 했지예. 덜컹덜컹 덜컹덜컹 몇 날 며칠을 가더이만 내리라케칠. 만주라 안캅니꺼. 새벽안개가 뽀야케 끼가꼬 서러븐데도 만주무는 도련님을 만날 수 안있겠나 그런 생각이 들데예. 트럭으로 갈아타고 한나절을 달리가꼬 도착하이 온통 노란색 군인 천지라예. 오돌오돌 떨믄서 이층집으로 들어가이까네 다다미 두 개로 된 쪽방이 수십 개가 있다 아입니꺼. 그 방에 한명씩 밀어넣는 기라예. 복사꽃을 꼭 쥐고 한참을 마음 졸이믄서 있으이까네

군화발소리 들려온다.

할미 군화소리가 척척 들리오는 기라예. 점점 소리가 가까이 오더이만 칼찬 군인이 들어와예. 일본말로 뭐라쿠삼서 옷을 벗길라 안캅니꺼. 비명을 지르믄서 몸부림을 치이까네 주먹으로 얼굴을 사정없이 때리데예. 온몸에 힘이 쭉 빠지가꼬는 꼼짝도 못하고 있으까네 아랫도리를 벗기고는 지도 벗고 마구 쑤시는 기라예. 열세 살이믄 너무 어리다 아입니꺼. 거가 너무 작으끼네 잘 안되는 기라. 그라이 손칼을 꺼내가꼬 거를 잘라뿌는 기라예. 고마 기절했삤지예. 나까무라. 그 이름은 안 잊어무거예. 지 딸 같아서 더 좋다 카믄서 나중에도 숫하게 괴롭혔다 아입니꺼. 정신차리고 일어나이 사방에서 비명소리 들리오고 바닥에 피가 흥건한 기라예. 간신히 고개를

돌리보이 복사꽃이 보이데예. 시들어빠진기 피에 젖어가 새까만 기라. 그때부터 내가 생화는 못봐예. 시크머이 시들어지는 거를 보므는 우야꼬 가슴이 덜컥 내리앉는다 아입니꺼. 아랫도리가 벌겋게 붓고 짓물러 피가 나는데도 군인들이 계속 들어오는기라예. 하루 30명도 들오고 40명도 들오고. 저거도 언제 죽을지 모르이끼네 숭악하기 그지없는 기라예. 담뱃불로 아랫도리도 지지고 가슴도 지지고 혓바닥도 지지고 등짝에다 칼로 지 이름 새기샀고, 내가 없는기라예. 몸뚱아리 속에 갇히가꼬 도망도 못가고 세상은 뱅글뱅글 어지럽게 돌아쌓고. 그런 짐승 같은 생활을 하고 있는데, 어느 날 복순이가 임신을 했뿌따아입니꺼. 임신만 했다하모는 쥐도 새도 모르게 없애뿌니까 복순이가 도망을 갔지예. 바로 잡히왔습더. 발가벗기가꼬 하룻밤을 나무에 거꾸로 매달아 놓더마는 다음날 우리 보는 앞에서 일본도로 배를 가르고 얼라를 꺼낸다 아입니꺼. 탯줄을 자르더마는 우리 목에 두르는 기라예. 그라고는 칼로 복순이 목을 치삐는 기라.

날카로운 칼의 소리 들려온다.

할미 복순이 머리를 솥에 넣고 삶더마는 그 삶을 물을 우리 한테 마시라 안캅니꺼. 고마 정신줄을 놓아뿟지예. 일본말만 들리믄 어요요요요 개 개 개새끼 지나간다 칼로 찔러 죽인다. 총으로 쏴 죽인다. 이래 해쌌다 카데예. 제정신이니마 그래 몬하지예. 아무리 억울하고 분해도, 일본 군인한테는 화도 못내예. 맞아죽구로예. 덕녀는 젖꼭지를 물어뜯기가 죽고 춘심이는 아래를 걷어채이가 자궁이 빠지가꼬 죽었거든예. 그렇게 개만도 몬하게 살아내고 있는데 패전했다는 소문이 돌드마는 하루는 정신대 여자들 백오십 명을 죽 세워놓고는 일본도로 목을 치기 시작하는 기라.

날카로운 칼의 소리 들려온다.

할미   퍽퍽 소리가 나고 시뻘건 피가 강이 되가 내 발까지 흘러오는 기라예. 정신이 나갔는지 그 다음은 기억이 없어예. 정신을 차리보이 시체들 구뎅이인기라. 허부적대믄서 목 잘린 시체들을 헤치고 도망갔지예. 무작정 걸었습니더. 발톱이 빠지고 발바닥이 다 벗겨지도 계속 걸었습니더. 거서 조금이라도 멀리 벗어나고 싶었지예. 얼마나 갔는고 어느 약초 캐는 중국노인을 만나고는 혼절했다 아입니꺼. 몇날 며칠을 심하게 앓고는 죽다가 살아났다 카데예. 그란데 그 영감이 임신이라 카는 기라예. 내가 임신했다고. 미친년 맹키로 온 산을 돌아댕기문서 뛰 내리고 떨어지고 간장을 몇 바가지를 퍼무겄는데도 안떨어지는기라예. 죽을라꼬 양잿물을 떠놓고 앉았는데…

심장 박동소리 들려온다.

할미   뱃속에서 발길질을 해댄다 아입니꺼. 더러분 씨라도 살겠다고 발길질을 해댄다 아입니꺼. 그 순간 물꼬 터지듯이 눈물이 쏟아지데예. 배를 감싸 안고 펑펑 울고 있는데 그 사람 생각이 나는 기라예. 하데나까 주따이조. 내를 그래 생각해줬어예. 그 사람은 한 번도 안했다 아입니꺼. 서서 어동상 생각난다믄서 눈물을 흘리데예. 그래 나도 같이 울므는 사다꼬, 나꾸나요. 사다꼬, 나꾸나요. 울지마라. 울지마라. 그라고는 고생 많이 했다쿰스로 날로 애기매로 재우는 기라예. 사다꼬, 내무리나사이오. 내무리나사이오. 잘 자라. 잘 자라. 그란데 어느날 하데나까 주따이조가 전사했다쿠데예. 먼발치에 숨어서 관 나가는 것만 지켜봤지예. 그 사람이 꼭 도련님 같은 기라예. 그래 그 사람 아라 생각하고 낳자. 그 아를 낳았습니더. 아들인기라예. 우리 율이 아입니꺼. 율이가 백일 됐을 때 고향에 갈라꼬 들쳐 업고 또 무작정 걸었어예. 몇 달을 걸리가꼬 청도에 도착했는데 마을에 도저히 못들어가겠는기라예. 몸뚱어리는 걸레가 되가꼬 누구 씬지도 모르는 아를 안고 우예 고향에 가겠습니꺼. 그래가 동구 밖에서 서성거리고 있는데 온 마을에 복사꽃이 지천으로 피 있는기 보이데예. 우째 그래 이쁘던동. 그제서야 봄인중 알았지예. 그란데 멀리서 아지랑이처럼 소리가 들리오는 기라예.

멀리서 구음이 들려오고 꽃상여가 다가온다.

할미 상여가 오는 기라예. 나무 뒤에 숨어서 보고 있으이 대감님도 보이고 마님도 보이고 어무이도 보이고 아버지도 보이고 고향 사람들이 다 보이데예. 도련님 상연기라예.

꽃상여가 당산나무 밑으로 들어간다.

할미 상여가 당산나무 그늘 밑으로 들어가는데 아득한 기 얼매나 서럽던지, 해 질 때꺼정 소리도 못 내고 울믄서 서 있었지예. 그때가 열여덟 살입니더. 이 이바구를 누구 한테고 털어놓고 하소연이라도 하고 싶은데. 그라믄 속이라도 시원하겠는데, 내가 지은 죄가 너무 큰 기라예. 아무도 모릅니더. 말 몬하지예. 우리 율이가 이 사실을 알모는 얼매나 창피시럽겠십니꺼. 차라리 염병이라도 걸리가꼬 깡그리 잊아무그스믄 좋겠습니더. 그라마 없었던 일이 되겠지예.

할미가 천천히 사라진다.
동주, 당산나무 밑에서 상여를 들고 걸어 나온다.

동주   그냥 죽지.

옥황   죽는다고 고통이 사라지진 않아.

동주   그렇게 구차하고 비루하게 살아가야 하나?

염라   기억하고 이야기해야 치유가 돼.

동주   저 끔찍한 기억을? 치유? 누굴 위해서?

옥황   치유되지 않은 고통은 사라지지 않아. 다른 이의 고통으로 흘러 다니게 돼.

동주   그래야지. 당한만큼 갚아줘야시. 모조리 갚아줘지. 하늘을 우러러 한 점 부끄럼 없이 살아있는 모든 것들을 저주해야지. 죽여야만 살아있는 모든 것들, 이 망할 몸뚱어리를 가진 모든 것들.

염라   고통을 던지면 동심원처럼 언젠가는 나한테 오게 돼.

동주   그럼 어쩌라고. 도대체 어떡하라고. 이 괴물을…

옥황   시작도 없고 끝도 없어.

염라   시작이 끝이 되고 끝이 시작이 되지.

옥황   이제 그만 말로 돌아가자.

염라   그래 이제 말로 돌아가자. 할미의 인생을 따라 가보자. 하이야! (하이야!)

멀리서 북소리 들려온다.

옥황   1928년 4월 10일생 서울 우이동 성금자. (얼씨구!)

염라   열세 살에 일본군위안부로 강제로 끌려가서 (하이구 저런!) 해방을 맞아 낭랑십팔세! (절씨구 허이!)

흰옷의 사람들이 북을 치며 걸어온다.

옥황 혼이로다 넋이로다

흰옷들 무주공산 삼원혼량

염라 무리뭉치면 살고우.

흰옷들 김구선생은 주리죽고!

옥황 사람죽어 범이되고

흰옷들 범이 죽어 꽃이되네

염라 주리죽죽 죽고죽이는

흰옷들 민족상잔의 비극비극!

옥황 저승길이 머다더니

흰옷들 대문밖이 저승이요

염라 죽느냐 사느냐

흰옷들 죽이느냐 살리느냐 바리반반 갈라갈라!

모두 38따라지 따라가자 일만이천봉. 볼수록 보리볼볼 보리
고개!

새벽종이 울렸네 새아침이 바리밝아!

달나라나라 뚜욱 딱! 돈나라나라 뚜욱 딱!

박통박통! 도깨비방망이 도깨비방망이.

파란종이 줄까 빨간종이 줄까 주리죽죽 죽여줄까!

빨강빨강 줄주리줄줄 넘쳐흘러 주리죽죽 줄줄이 사탕
입에 물고!

앞으로 앞으로 앞으로 앞으로. 둥둥!

대머리는 둥—그니까 자꾸자꾸 걸어 나가면.

타는 목마름으로 타는 목마름으로.
손에 손 잡고 손에 손 잡고
그대는 왜 촛불을 키셨나요.
쥐를 잡자 쥐쥐쥐쥐쥐.
그대는 왜 촛불을 키셨나요.
쥐를 잡자 쥐쥐쥐쥐쥐.
쥐를 잡지 쥐를 잡자 쥐쥐쥐.

어디선가 닭 울음소리 들려온다.

모두 말달리자. 말달리자. (시리야, 내가 이러려고) 닥쳐 닥쳐.
닥쳐 닥쳐. 닥치고 가만 있어. (가만히 있어라)

모두, 발 다섯 번 구른다.

모두 세월이 가면 가슴이 터질 듯한!
옥황 맛있게 빚은 술을 받아 마시고 누워서 잠이 들었으니
어느 님이 찾아주며 깨워주리 동남서풍이 스스로를 깨
우노라.
염라 동남서풍이 스스로를 깨우노라!

흰옷들이 북을 치며 논다.
한바탕 씻김굿을 논다.
흰옷들이 북소리 신명을 타며 동주를 데려온다.

흰옷들의 북소리가 하늘을 진동한다.
동주 무릎을 꿇으며 절규한다.

동주 아!

흰옷들의 북소리 잦아들고 정적이 흐른다.

염라 내려간다!

어두워진다.

어둠 — 태양을 거슬러 달빛은 흐르고
흐르는 달빛 좇아 꿈이 피어난다.
어둠속의
위험한 속삭임
방사된 도발들
시간은 옅어지고
허공은 차오른다.
꽉 찬 달빛 속
느려진 날개 짓
팔랑 팔랑
나비 한 마리
비치는 현혹이다
차가운 정염이다

치받는 슬픔이다
푸른 달빛 휘발되어
갈 수 없는
잡을 수 없는
눈빛 스러진다.

3막. 벽

1장. 동주의 집 마당

하늘에 먹구름이 가득하다.
어미, 마당에 떨어진 꽃잎을 쓸고 있다.
경주, 마루에 앉아 동주의 수첩을 보고 있다.

경주   그냥 시야.

어미   시?

경주   오빠가 시를 쓰고 싶어 했잖아.

어미, 경주를 본다.

어미   동주가?

경주   응.

어미   동주가 시를 쓰고 싶어 했다고?

경주   그래.

사이.

어미   내가 아는 게 없구나.

어미, 다시 꽃잎을 쓴다.

경주 마냥 이렇게 기다려야 하는 거야?

어미 그럼 어떡하니.

경주 말이 되는 소리야? 죽은 사람이 어떻게 살아난다고?

어미 살아 날 수도 있지.

어미, 꽃잎을 쓴다.

경주 모두들 그렇게 믿고 싶은 것뿐이야.

어미 그래, 모두 그렇게 믿으면 그렇게 될 수도 있지.

경주 벌써 사흘째야. 이게 무슨 바보 같은 짓이냐고?

어미 동주가 죽었어. 바보 같은 짓 좀 하면 안 돼?

경주, 한숨을 내쉰다.
번개가 갈라지며 동주, 옥황, 염라, 벽 속에 나타난다.
멀리서 천둥이 구른다.
경주, 하늘을 본다.

경주 오빠가 정말 그 자리에 있었을까?

어미 무슨 소리야?

경주 그 여자애 말이야.

어미 동주가 그 자리에 왜 가니?

경주 그 기자가 그랬다며. 오빠는 아니래?

어미 그 여자애가 거짓말 한 거라며. 편지도 조작된 거고 모두 무혐의로 풀려났다며.

경주 검찰이나 언론에서 그렇게 말했다는 거고. 그 여자애가 목숨까지 걸고 거짓말할 일은 아니잖아.

어미 그럼 검찰이나 언론에서 거짓말할 일이니?

경주 거짓말해서는 안 될 일이지.

어미 넌 대체 누구 편이니?

경주 누구 편이 아니라 사실을 알고 싶은 거지.

어미 사실이든 아니든 동주는 죄가 없어.

경주 그럼 오빠가 왜 그렇게 힘들어했을까? 한 달 넘게 출근도 안했다며?

어미 치솟아 오르는 울음을 삼킨다.

어미 그런 추잡한 얘기에 관계된 것만으로도 충분히 힘들어.

경주 아들이라고 편만 들지 말고. 엄만 내가 그 여자애 같은 경우를 당하면 어떨 거 같아?

어미 그런 일 당한 게 무슨 자랑이라고.

경주 자랑하려고 자살한 건 아니지.

어미 그래 사실이라고 쳐. 여자애가 애초에 그런 델 따라간 게 잘못이지.

경주 여자애를 그런 데로 데려간 게 잘못이지.

어미 허영 때문에 그런 거 아냐. 좀 심하게 말하면 지가 좋아

86

서 지 몸 판 거지 뭐. 창녀랑 뭐가 다르니.

경주 엄마, 그 여자애가 자살했어. 같은 여자로서 어떻게 그렇게 말할 수 있어?

어미 그게 동주 때문이니?

사이.

어미 그 일이 사실이라면, 우리 모두 거짓말하고 있는 거 아냐. 누가 동주한테 돌을 던질 수 있는데?

할미가 마루로 나온다.

어미 어머니 왜요? 마실 것 좀 드려요?

할미 동주한테 누가 와 돌을 던지는데?

어미 들으셨어요? 아무것도 아니에요.

할미 아무것도 아이라? 니 얼굴에 먹구름이 꽉 꼈데이…

멀리서 천둥이 구른다.

할미 빗님이 오실라카나.

경주 진짜 한바탕 쏟아지겠네.

할미 신랑은?

경주 다음 주나 되야 들어올 수 있대.

할미 머라꼬?

경주   (크게) 외국에 나가있어서 다음 주나 되야 돌아온다꼬.

할미   외국은 와?

경주   (더 크게) 회사 일로 출장 갔다꼬!

사이.

할미   잘 들린다, 가스나야. 아바이는?

경주   몰라. 아침부터 안보여.

어미   새벽에 어디 나가더라구요.

할미, 평상으로 내려와 앉는다.

할미   니는 산달이 언제고?

경주   6월. 두 달 남았어.

할미   신랑이 잘 해 주나?

경주   몰라. 갖다 버렸으면 좋겠어.

할미   버리다이?

경주   그 인간 첫째 임신했을 때는 공주님 모시듯 하더니 셋째 임신하니까 지가 임신했어.

할미   와?

경주   뭐가 좀 먹고 싶다고 하면 억지로 나가서는 찾아봐도 없다면서 지가 먹고 싶은 거 사 와. 그러고는 또 지가 다 먹어. 배는 나보다 더 불러가지고는.

할미   그래도 있으이 안 좋나.

경주	좋기는 뭐가 좋아. 매운 닭발이 먹고 싶다니까 족발 사와서는 같은 발이니까 그냥 먹으래. 그제는 레몬이 먹고 싶다니까 오렌지를 사온 거야. 어떻게 레몬하고 오렌지가 같냐고. 기가 막혀서 정말. 차라리 혼자가 나아.
할미	혼자…
경주	생긴 기는 두꺼비처럼 생겨가지고.
할미	그래도 옆에 있으이 안 좋나.
경주	좋긴 뭐가 좋아. 할머니도 두꺼비하고 같이 살아봐.
할미	살지르. 천번 만번 살지르.
경주	남 일이라고 쉽게 말하기는. 할아버지는 그렇게 잘 생겼었다면서?
할미	하모 잘 생깄지르. 하얀 와이샤스를 입고 있시모 환하이 눈이 부신기라. 유학을 해 놓으이 아는 것도 많고 점잖해가꼬 천상 양반이었데이.
경주	그러니 내 마음을 알 리가 있나.
어미	정서방이 어때서.
경주	엄마도 내 마음 몰라. 아빠 반만 닮았어도 정말. 근데 아빤 어떻게 보면 일본사람처럼 생겼어.
할미	뭐라꼬.
경주	그렇잖아. 사무라이처럼 눈도 그렇고 코도 그렇고…
할미	시끄럽다 마!
경주	깜짝이야. 왜 소릴 지르고 그래.
할미	염병을 떨고 자빠졌다 아이가.

경주 애 떨어지겠네.

어미 기집애가 입방정은…

경주 우주야 못 들은 걸로 해줘…

사이.

경주 참 오늘이 할아버지 제사잖아. 아버지, 제사 준비하러
나가셨나? 엄마, 오늘 제사는 어떡해?

사이.

어미 어머니, 어떻게 하죠?

할미 오늘이 무슨 요일이고?

경주 월요일.

할미 수요일 아이더나.

경주 할머닌 왜 자꾸 수요일만 찾아?

할미, 일어나 벽을 바라보고 선다.
동주, 할미를 바라본다.
할미와 동주, 마주보며 한참을 서 있다.

할미 꽃이 다 어데 갔드노?

경주 할머니가 보기 싫다고 해서 몇 년 전에 꽃나무 다 파냈
잖아.

할미	내가 그랬다나?
경주	그래, 생화는 시들어서 싫다며.
할미	싫지르. 꽃이 시들무는 싫지르.

어두워진다.

2장. 동주의 집 마당

동주, 옥황, 염라, 벽속에서 세상을 바라보고 있다.

사내	이 사람들이 정말! 내가 누군 줄 알고! 큰일 나는 수가 있어요!
경주	당신이 누군데? 누군데 남의 집에 함부로 들어와서 행패야 행패가?
사내	행패라니요? 아하 정말 갑갑들 하시네. 내가 누구냐면… 누구라고 밝힐 수 없는 사람이지요. 그게 무슨 말이냐면 아주 중요하든지 아주 위험하든지 그런 사람이라는 거지요. 박경주씨, 85년생, 셋째 임신중. 맞죠?
어미	누구라고 안 밝혀도 되니까 어서 나가세요.
사내	그러니까 박동주씨가 어디 있는지 확인만 하고 가겠다고요. 그게 그렇게 힘든 일도 아니고, 그렇게 예의에 어긋난 행동도 아니잖아요. 김희영씨 56년생.

경주	당신 뭐야? 개인 사찰하고 다녀? 이 사람 정말 안 되겠네.
사내	개인사찰? 사람을 어떻게 보고! 내가 제일 싫어하는 인간들이 그 인간들이거든요. 지들이 왜 사찰을 하고 지랄들이야. 개인 사찰을. 내가 절에도 가기 싫어요, 요즘은.
어미	개인사찰이든 단체사찰이든 필요 없으니까 어서 가세요.

할미 나온다.
사내 일어나 정중하게 인사한다.

사내	안녕하세요. 할머니.
할미	누구신교?
사내	제가 누구냐면, 누구라고 밝힐 수 없는 사람입니다.
할미	그라이끼네 누구신데예?
사내	그러니까 그게, 누구라고 밝힐 수 없는 사람이라니까요.
할미	이 뭐라케샀노?
어미	어머니 그냥 들어가세요. 그냥 이상한 사람이에요.
사내	이상한 사람이라뇨. 저는 할머니 손자 박동주씨를 만나러 왔습니다. 박동주씨 어디 있죠?
경주	집에 없으니까 가시라고요!
사내	소리 좀 지르지 말라고요!
할미	동주는 와요?

사내 며칠 전부터 연락이 안돼서요. 삼일 전에는 전화를 받질 않더니 이제 전화기가 꺼져있어요. 저하고 매일 통화를 해야 하거든요.

할미 동주 친군교?

사내 뭐 친구보다 더 각별한 사이라고 할 수 있죠. 어디서 무얼 하고 있는지 확인이 안 되면 견딜 수 없는 그런 사이라고 할까요. 허허허.

할미 동주 애인인교?

사내 네? 아니 내가 무슨, 참 기가 막혀서 이거 원.

할미 그라마 동주가 무신 죄를 짓는교?

사내 네? 아 뭐 죄를 지었다면 지었다고 할 수 있지요.

어미 동주가 무슨 죄를 지어요?

사내 에이 다 아시면서.

어미 알긴 뭘 알아요. 동주가 무슨 죄를 지었냐고요?

경주 엄마, 상대할 필요 없어. 그냥 경찰 불러.

사내 며칠 전에 기자가 찾아왔었죠? 대충 얘기를 하는 것 같던데.

어미 동주하고는 아무 상관없는 얘기였어요.

사내 왜 상관이 없어요. 여배우가 자살을 왜 했겠어요? 아니 자기 엄마 제삿날 접견실로 불려가서 성접대를 했는데 기분이 좋았겠어요? 참담했겠지. 그리고 박동주씨가 그 자리에 같이 있었는데.

어미 동주가 거길 왜 가요? 그 자리에는 동주 회사 사장이 있었다면서요?

사내 거길 사장님이 왜! 아니 사장님이 거길 왜 가요? 사람들이 왜 쓸데없이 소설들을 쓰고 그러는지 몰라.

경주 오빠가 그 자리에 있었다는 증거 있어요?

사내 증거는 무슨, 당사자가 잘 알겠지. 기자가 여기를 그냥 찾아왔겠냐고. 기자들한테 쫓기니까 회사에서 사원보호차원에서 유급휴가를 줬고…

경주 그 여배우 유서에는 그 사장이 있다면서요?

사내 우리 사장님이 거기를 왜! 아니 그거 다 소설이라니까! 기집애가 죽기 전에 무슨 말을 못하겠어! 요! 아니 그 유서도 조작이라니까요. 편지가 허위라고 드러난 마당에 유서는 무슨.

어미 알았어요. 알겠으니까 이제 그만 나가세요.

사내 그러니까 박동주를 만나게 해달라고요. 집에 있는 거 다 알고 왔다니까요.

할미, 방으로 들어간다.

사내 할머니, 어디 가세요. 할머니, 얘길 끝까지 들으셔야죠.

경주 여보세요, 거기 경찰이죠.

어미, 경주의 핸드폰을 뺏는다.

어미 하지 마!

경주 엄마, 왜 그래? 그냥 경찰 부르면 되잖아.

어미   동주는 어떡하고.

사내   동주? 거 봐요. 집에 있는 거 다 알고 왔다니까요. 그제 119가 왔다 갔죠? 근데 구급차에는 박동주씨가 없었고…

어미   그래요! 그럼 잘 알겠네요. 동주, 죽었어요.

사내   그래요 박동주 사망. 구급요원이 사망확인 했다는데 사람이 있어야지요. 그리고 사람이 죽었으면 집에서도 뭐 장례를 준비하든 변화가 있어야죠. 너무 평화롭잖아요? 그래 정황상 이건 냄새가 난단 말이지요. 예의에 어긋난 뭔가가 벌어지고 있다는 것이지요. 사망한 박동주씨!

사내, 집으로 들어간다.

어미   어딜 들어가요. 어서 나가요.

사내   박동주씨 나와 보세요. 이렇게 나오시면 곤란하죠. 회장님 은혜를 이런 식으로 저버리면 위험하죠. 박동주씨!

어미   가! 가란 말이야 가!

사내   이 여자가 어따 대고. 반말은 예의에 어긋나지.

경주   이 여자라니!

사내   이분들이 미쳤나. 계속 반말이시네.

할미, 다듬이 방망이를 들고 나와 사내를 때린다.

할미 나가거라.

사내 어허, 할머니까지 왜 이러세요. 때가 어느 땐데 예의에 어긋나게, 우리 할머니 너무 폭력적이시다.

할미 나가거라.

사내 어허, 말로 하셔야지. 다듬이 방망이로 이러시면 안 되지. 내가 무슨 빨래도 아니고. 할머니가 무슨 빨갱이야?

할미 우리 동주 아무 잘못 없다. 어서 나가거라.

사내 그러니까 죄가 없으려면 나하고 만나야 한다니까.

할미 나가거라.

할미, 다듬이 방망이로 사내를 때린다.

사내 어허! 할망구 정말 사람 잡겠네. 이러면 나도 예의 못 지키지.

할미 어여 나가거라.

사내, 할미의 손을 잡는다.

사내 1928년 4월 10일 청도 출생 성금자씨. 비밀이 많던데!

할미, 멈칫한다.
사내, 다듬이 방망이를 빼앗는다.

사내 인생이 파란만장하던데, 그 뭐 좋은 과거라고 내가 밝

히면 당신도 나도 창피하잖아. 도대체 왜들 그래? 과거를 묻지 마세요. 침묵을 사랑해야지. 당신도 침묵. 나도 침묵. 에브리바디 침묵. 당신 손자도 침묵을 배워야 하는데, 왜 갑자기 사라지냐고! 침묵이 깨지는 순간 누군가가 다치게 되거든. 박동주가 무슨 짓을 했는지 알아? 그 접견실에서 스무 살도 안 된 여자애를 벗겨놓고…

할미, 소리치며 사내에게 달려든다.

할미 거짓말 말거라! 거짓말 말거라!
사내 어허 이 할망구가 미쳤나. 내가 왜 거짓말을 해?

어미, 할미를 말린다.

어미 어머니, 그만 하세요. 당신, 어서 나가! 어머니, 그만 하세요.
사내 이것들이 단체로 미쳤나.
경주 여보세요, 거기 경찰이죠. 여기 우이동 47번지인데요.
어미 경주야 하지 마!
경주 웬 미친 사람이 집에 들어와서 행패를 부리고 있어요. 빨리 좀 와 주세요. 네…
할미 거짓말 말거라… 거짓말 말거라!
사내 할머니, 옷 찢어져 옷.
어미 어서 나가! 나가라고!

일본노래 흘러나온다.
할미 깜짝 놀라며 주저앉는다.

할미   ㅇㅇㅇㅇㅇ응.
사내   아줌마, 이것 좀 놔봐 전화, 전화.
경주   이거 미친놈 아냐!

경주가 사내에게 다가서자 어미가 말린다.

어미   넌 나서지 마.
경주   경찰 10분이면 온대.
사내   이것들이 두려움이 없어도 너무 없네.

사내, 전화를 두 손으로 공손히 받는다.

사내   네 사장님… 예…
할미   ㅇㅇㅇㅇㅇ응.

할미, 피하듯 웅크리고 주저앉는다.

사내   예, 사장님. 걱정하지 마십시오. 박동주 아버지한테도
         사람 붙여 뒀습니다. 예… 예, 뭐 별 문제없을 겁니다.

사내, 통화하면서 나간다.

어미   어머니, 괜찮으세요?

할미, 말없이 대문을 노려본다.

어미   어머니…

할미, 두려운 듯 대문을 노려본다.

할미   (속삭인다) 어요요요요. 개 개 개 지나간다. 어요요요요
개 개 개새끼. 때려 죽여라. 찔러 죽여라. 쏴 죽여라. 어
요요요요 개 개 개새끼.

경주   할머니.

어미, 손을 모으고 조용히 주기도문을 외우기 시작한다.

어미   하늘에 계신 우리 아버지 아버지의 이름을 거룩하게 하
시며…

할미   개 개 개새끼. 때려죽인다, 찔러 죽인다. 쏴 죽인다. 어
요요요요 개 개 개새끼…

할미, 대문을 노려보며 중얼거린다.
어두워진다.

3장. 동주의 집 마당

할미가 마루에 서서 하늘을 바라보고 있다.
어미, 경주, 평상에 앉아 말없이 기다리고 있다.
옥황과 염라와 동주가 바라보고 있다.
시간이 흐른다.

할미　　날이 저무네.

사이.

할미　　이기 다 꿈인가 싶다.

멀리서 천둥이 구른다.

할미　　이기 다 뭐꼬.

할미, 모든 것이 빠져나간 듯 하늘을 보고 있다.
모든 것이 정지해있다.
아비, 화사한 복사꽃을 한 아름 안고 들어온다.
꽃의 화려함이 비현실적이다.
할미, 꽃을 바라본다.
아비, 할미를 보며 환하게 웃는다.

아비　　어무이예, 댕기 왔습니더.

아비, 꽃을 평상에 내려놓는다.

아비　　안 시드는 꽃 사왔습니더.

할미, 꽃을 한참 바라보고 있다.

아비　　인자 동주 보내주입시더.

할미, 아비를 보고는 방으로 들어간다.
아비, 어미에게 꽃을 준다.

아비　　인자 동주 보내 주자.

어미, 흐느낀다.
아비, 방으로 들어갔다 바로 나온다.
할미, 다듬이 방망이를 휘두르며 쫓아 나온다.

아비　　어무이예 와 이랍니꺼.
경주　　할머니!
할미　　아무도 못 델꼬 간다.

모두들 할머니를 피해 마당을 돈다.

할미, 평상에 올라가 방망이를 벼리듯 치켜든다.
느리고 불편하지만 비정상적인 괴력이 느껴진다.

할미 으으으으응. 아무도 못 델꼬 간다.

아비, 할미에게 다가간다.

아비 어무이예, 와 이랍니꺼?

할미, 춤을 추듯 방망이를 휘두른다.

할미 으으으으응. 삼신할미가 와도 염라대왕이 와도 동주
는 못데꼬 간다.

아비, 잠시 물렀다가 다시 할미에게 다가간다.

아비 어무이예. 진정하이소.
할미 아무도 못 델꼬 간다 카이!

할미, 방망이를 휘두른다.
아비, 방망이에 머리를 맞고 쓰러진다.

경주 할머니!
아비 (머리를 만지며) 됐다 마. 괜안타.

할미   아무도 못 데꼬 간다카이!

어미   어머니, 제발 정신 좀 차리세요. 저도 정말 힘들어요. 어머니 병수발도 힘들고, 사는 게 너무 힘들어요. 언제까지 이렇게 살아야 해요? 이게 사는 거예요? 이거 사는 거예요! 어머니 죄송해요. 우리 동주 좀 살려 주세요. 차라리 내가 죽을 테니까 우리 동주 좀 어떻게 해 주세요…

어미, 울음을 놓는다.

경주   엄마, 진정해요. 아, 아!

경주, 배에 통증을 느끼며 마루에 앉는다.
어미, 놀라 경주를 살핀다.

어미   경주야, 왜 그래? 여보 방으로. 어서요.

어미와 아비, 경주를 부축해 방으로 들어간다.

할미   (천천히) <u>으으으으응</u>. 복순이도 그렇게 죽고 김학수이 강덕경이 노수복이 김계화 곽복례 송남이 박잠순 권술선 김옥주 박옥련 이기선 정서운 석복림 홍재선 박두리 최일례 김난이 윤두이 성태운 임정자 김은례 장점돌 한옥선 김상희 천봉순 김순덕, 박숙이. 다 그렇게 보냈데이. 인자 아무도 그렇게 못 보낸다.

아비, 방에서 나오다 할미를 물끄러미 보고 있다.

아비   어무이예, 도대체 무슨 일이 있었던 겁니꺼?

할미, 팔을 든 채 말없이 아비를 바라본다.

아비   사람을 죽였다케도 괘안십니더. 제발 말씀을 좀 해 보이소.

할미, 팔을 든 채 말없이 아비를 바라본다.

아비   어무이예.

할미, 팔을 든 채 말없이 아비를 바라본다.

아비   오늘 청도 댕기왔습니더.

할미   <u>ㅇㅇㅇㅇㅇ</u>응.

아비   청도에 가믄 뭔가가 있겠지 싶어 갔다왔습니더. 이름도 모르는 양지 바른 산에 올라가, 박씨 성을 가진 무덤가에 그냥 앉았다가 왔습니더. 온 마을에 복사꽃이 참 곱게 피 있데예.

할미   <u>ㅇㅇㅇㅇㅇ</u>응.

아비   아버지 제삿날, 자식새끼 죽고나이 아버지가 보고싶
데예.

할미   ㅇㅇㅇㅇㅇㅇ응.

할미, 팔을 든 채 말없이 아비를 바라본다.

아비   내 아버지는 누구고 나는 누굽니꺼?

할미, 힘겹게 버티며 말없이 아비를 바라본다.

아비   아버지 호적도 없고 고향도 없고 산소도 없는 이유가
뭡니꺼? 와 고향도 없이 친척 하나 없이 어무이하고 저
하고 단 둘이서 그래 험하게 살았는교?

할미, 힘겹게 버티며 말없이 아비를 바라본다.

아비   어릴 때 어무이가 내 쳐다보면서 울고 욕하고 구박할
때마다 어린 마음에도 어무이가 원망스러운 게 아니라
가슴이 아팠습니더. 어무이 가슴에 뭐가 맺히가꼬 저렇
게 아파하는 걸까. 내가 잘못한 기 있을끼다. 틀림없이
내가 뭔가 잘못한기 있을끼다. 가슴이 도려내듯 아팠십
니더. 어무이예, 인자 다 내라놓고 말씀을 하이소.

할미, 힘겹게 버티며 아비를 바라본다.

할미 율아이⋯

아비 예.

할미, 고통스럽게 아비를 바라본다.

할미 내는⋯ 내는⋯

할미, 숨이 죽으며 쪼그라든다.

옥황 금자야−.

할미, 팔을 휘휘 저으며 다시 일어난다.

할미 절대로 못 죽는다 카이!

할미가 팔을 든 채 힘겹게 버틴다.

할미 율아이⋯ 니는⋯ 니는⋯

할미, 다시 숨이 죽으며 쪼그라든다.

염라 금자야−.

할미, 다시 일어난다.

할미   못죽는다카이까네! 우리 새끼 살려주기 전에는 못 죽
          는다.

아비   어무이예!

할미   못 죽는다!

          할미, 팔을 든 채 힘겹게 버틴다.

동주   할머니.

          순간, 할미의 동작이 멈춘다.

동주   할머니.

          할미의 팔이 서서히 내려간다.

할미   누구신교?

동주   저에요, 동주.

할미   동주…

          아비, 할미를 본다.
          할미, 가만히 허공을 보고 있다.

아비   어무이예.

사이.

동주   두려워요.

사이.

아비   잘 모르겠십니더.

사이.

동주   어떻게 살아야하는지.

사이.

아비   어무이 말에 알겠십니더, 알겠십니더. 하믄서 살아왔
는데.

사이.

동주   내가 무슨 짓을 할지… 내 속에 뭐가 있는지..

사이.

아비   자식새끼 죽고 나이 인자는 마 모르겠습니더…

사이.

동주 왜 꼭 살아야만 하죠?

사이.

아비 무엇 때문에 살아야 하는지 모르겠십니더.

사이.

할미 청도…
동주 청도…
아비 청도…

사이.

할미 살아만 있시모 안 가겠나…

사이.

할미 우짜든동 살아만 있시모…

사이.

할미 그라모 안 가겠나… 살아만 있시모 안 가겠나! 우짜든
동 살아만 있시모 그라마 안 가겠나!

동주, 조용히 눈물이 흐른다.

동주 예, 할머니, 이제 청도 가셔야죠.

할미, 스르르르 주저앉는다.
아비, 평상에 올라가 할미를 부축한다.

아비 어무예!
할미 누구신교?
아비 접니더, 율이라예.
할미 여서 청도가 마이 멀어예?…
아비 청도 가입시더. 지하고 청도 다시 가입시더.
할미 참말로예? 우야노 그라모 세수도 하고 머리 쪽도 지
고…
아비 그라입시더. 아버지한테 같이 가입시더.

할미, 안심하고 아비 품에 안긴다.

할미 아이고 마. 우째 이리 편하노… 따신 아랫목에 들어온
데이.

할미, 꽃을 바라본다.

할미   빨간 꽃이네. 안시드는 꽃. 더러바지믄 말간 물에 씻어 가꼬 탁 털어뿌모 새거 맹키로… 몸뚱아리도 말간 물에 빨아가꼬 탁 털어뿌모 새거 맹키로…

천둥소리 구른다.

할미   그 사람은예… 잘게 부사지는 햇살 같은 기라예… 눈부 시게 따신 봄날 아침에. 하—얀 와이샤스를 입고 동네를 한바꾸 걷는다 아입니꺼… 꼭 해 뜰 때쯤에 우리 집 앞 을 지나는 기라예… 새들은 지지배개거리싸코… 울타 리에 핀 들꽃 냄새가 아지랑이처럼 가물가물 코를 찔러 싸코… 나뭇잎이 바람에 살랑거리쌌는데… 뒷산 우로 햇님이 올라오는기라예… 그 햇살을 받으믄서 내려오 는데… 우째 그래 눈부시든동… 내하고 눈이 마주치모 살째기 눈웃음을 짓는다 아입니꺼… 시상에서 질로 부 드러븐 비단결같은 웃음이라예… 가심이 콩닥콩닥 뛰 댕기고 얼굴이 숯뎅이처럼 뜨가바갔고… 얼릉 나무 뒤 로 숨었다 아입니꺼… 그란데 나무 뒤에서… 빨간 복사 꽃이 한 묶음 나오는기라예. 하이고마 어찌나 이쁘든 동. 내 손에 지주고는 뚜벅뚜벅 걸어간다 아입니꺼. 가 심이 떨리가 보도 몬하고 말도 몬하고 가도 몬하고. 난 중에 살째기 보이까네… 당산나무 밑을 지나가고 있는

거라예… 천년 묵은 느티나무 그늘밑으로 지나가는
데… 그 속으로 들어가는것 맹키로 아득한기…

어미, 방에서 나온다.

어미   여보, 방으로 모시세요.
아비   경주는?
어미   괜찮아요. 애가 좀 놀란 모양이에요.
아비   어무이예, 들어가입시더.

아비, 할미를 업는다.

할미   율아이.
아비   예, 어무이.
할미   니는… 니는…
아비   예.

사이.

할미   하늘이 낸 사람이데이.

아비, 어미를 돌아본다.

아비   알겠십니더.

아비, 할미를 업고 방으로 들어간다.

어미도 따라 들어간다.

사위가 갈라지며 천둥소리가 진동한다.

옥황 (하늘에서) 금자야—.

염라 (하늘에서) 금자야—.

아비 (소리) 어무이예, 와 이랍니꺼? 정신 차리이소. 어무이예, 어무이예!

집안에서 울음소리 울려 퍼진다.

옥황 가나다라마바사아자차카타파하.

염라 가나다라마바사아자차카타파하.

할미, 물속을 걷듯 집안에서 걸어 나온다.

동주, 물속을 걷듯 벽속에서 걸어 나온다.

옥황 가나다라마바사아지차카타파하.

염라 가나다라마바사아자차카타파하.

할미, 동주와 마주보고 선다.

소리가 사라진다.

할미가 천천히 동주를 스쳐 벽속으로 들어간다.

동주, 뒤돌아 할미를 본다.

할미, 뒤돌아 동주를 본다. 가라고 손짓을 한다.

할미, 벽속으로 들어간다.

옥황과 염라와 할미, 벽속에서 이승을 바라보고 선다.

서서히 사라진다.

비가 내린다.

동주 하늘을 본다.

고양이 줄을 목에 맨 수연이 나타난다.

동주, 수연을 마주본다.

동주, 수연에게 한발 다가간다.

비가 내린다.

어두워진다.

4장. 붉은 벽

바위처럼 흘러나온다.

붉은 벽 앞에 빈 의자들이 놓여있다.

수연, 빈 액자를 들고 의자에 앉아있다.

동주, 할미의 영정을 아이패드에 담아 걸어 나온다.

동주　아무 기억도 나지 않지만 저는 얼마 전에, 죽었다가 삼일 만에 다시 살아났다고 합니다. 동시에 저희 할머니가 돌아가셨습니다. 깨어나자마자 무작정 수요시위에 와야겠다는 생각이 들었습니다. 그 이유는 저도 모르겠습니다. 내 안에 바닥을 알 수 없는 욕망이 있습니다. 인간에 의해 채워질 수 있는 것이 아니라는 생각이 듭니다. 인간이 끊을 수 있는 것도 아니라는 생각이 듭니다. 삶이, 살아있음이, 꽃 같습니다. 아름답고 두려운, 빨간 꽃 같습니다. 제가 그 두려움을 말할 수 있을지 모르겠습니다. 말이 두렵습니다. 침묵도 두렵습니다. 내가 두렵습니다. 할머니가 즐겨 부르던 노래를 한 곡 부르겠습니다.

수연, 의자에서 일어나 동주 옆에 선다.
동주, 단순하고 무표정한 율동으로 노래를 부른다.
수연, 율동을 같이 따라 한다.

동주 마음대로 사랑하고 마음대로 떠나가신 첫사랑 도련님과 정든 밤을 못 잊어. 얼어붙은 마음속에 모닥불을 피워 놓고 오실 날을 …

반주가 흘러나온다.
하늘에서 흰 눈이 내린다.
할미, 벽에서 걸어 나오며 노래를 부른다.
동주와 수연, 단순하고 무표정한 표정으로 율동을 같이 한다.

할미　진정으로 사랑하고 진정으로 보내드린 첫사랑 맺은 열매 잊기 전에 떠났네. 내가 지은 죄이기에 끌려가도 끌려가도 죽기 전에 다시 한 번 보고파라 카츄샤. 찬바람은 내 가슴에 흰 눈은 쌓이는데 이별의 슬픔 안고 카츄샤는 흘러간다.

어두워진다.

막.

한국 희곡 명작선 27

빨간시

초판 1쇄 인쇄일   2019년 1월 16일
초판 1쇄 발행일   2019년 1월 25일

지 은 이   이해성
만 든 이   이정옥
만 든 곳   평민사
          서울시 은평구 수색로 340 [202호]
          전화: (02) 375-8571(代)
          팩스: (02) 375-8573
          http://blog.naver.com/pyung1976
          이메일 pyung1976@naver.com
등록번호   제251-2015-000102호
 정 가   7,000원

※ 이 책은 사단법인 한국극작가협회가 한국문화예술위
  2019년 제2회 극작엑스포 지원금을 받아 출간하였습니다.